だいわ文庫

草紙屋薬楽堂ふしぎ始末

唐紅色《からくれない》の約束

平谷美樹

大和書房

草紙屋薬楽堂ふしぎ始末

唐紅《からくれない》色の約束

目次

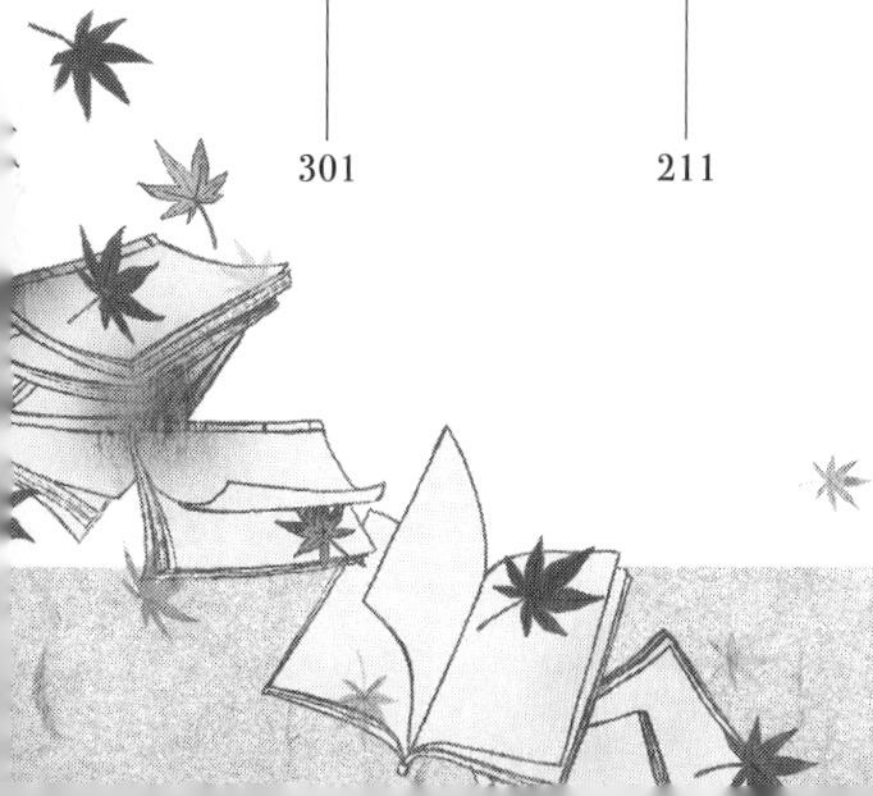

【江戸の本屋】（えどのほんや）
江戸時代の本屋は、今でいう出版社（版元）であり、新刊の問屋も兼ねた小売店でもあり、同時に古書の売買までも広く手がけた。主として内容の硬い本を扱う書物屋（書物問屋）と、大衆向けの音曲や実用書、読本などを中心に扱う地本屋（地本問屋）とが、幅広く印刷物を作成・販売し、大きく花開いた江戸の出版文化を支えた。

【戯作者】（げさくしゃ・けさくしゃ）
戯作とは江戸時代中後期から明治初期にかけて書かれた小説などの通俗文学のことで、戯作者はその著者。作家である。

草紙屋薬楽堂ふしぎ始末　唐紅色《からくれない》の約束

盂蘭盆会《うらぼんえ》　無念《むねん》の推当《おしあて》

一

鉢野金魚《はちのきんとと》は、闇の中で目を開けた。

浅草福井町の長屋である。

七月上旬――。立秋は過ぎていた。新暦では八月上旬であり、現代の感覚ではまだ猛暑が続く日々である。この時代も処暑《しょしょ》までは遠く、蒸し暑い日が続いていた。

金魚は、箱枕から頭を上げ半身を起こすと、周囲を見回す。

暗がりの中、蚊帳《かや》の向こうに腰高障子を開け放った出入り口だけがぼんやりと明るい。

路地のどこかで秋の虫が鳴いている。

金魚は少しだけ寝乱れた甲螺髷《ばいまげ》のほつれ毛を指で掻き上げる。年の頃は二十歳を少し出たくらいだが、その仕草が艶っぽかった。

「だれ？」

金魚は小さい声で訊く。

夢うつつの中で、確かに声を聞いた。

低い男の声だった。年老いた喉が出す掠《かす》れた声で、

『たえ……』

と言った。

たえとは、金魚の本名である。

親に売られて故郷を離れたのは七歳の頃で、以後、そこに住む人々との交流は断たれた。

金魚をその名で呼んだのは、故郷の人々と、もう一人――。

以前金魚を囲っていた山下御門前の呉服問屋大松屋《おおまつや》の主人善右衛門《ぜんえもん》である。

金魚は江戸の版元、草紙屋《そうしや》薬楽堂《やくらくどう》で売り出し中の女戯作者《げさくしゃ》である。戯作とは、江戸時代の中頃から江戸で流行《はや》った通俗文学のことであり、戯作者は今で言うところの小説家である。

かつては吉原遊廓の大見世《みせ》、松本屋《まつもとや》の女郎であった。源氏名は梶ノ葉《かじのは》太夫。

大松屋善右衛門に身請けされ、神田紺屋町の仕舞屋《しもたや》で妾として暮らした。だが、五年ほどで善右衛門が死に、正妻がやって来て金魚を紺屋町の家から追い出した。縁切りの金が底をつく前に好きな戯作で身を立てようと、戯作者になったのであった。

紺屋町の家では年老いた夫婦が住み込みで金魚の身の周りの世話をしていたが、二人には『おたえさま』と呼ばれていたので、金魚を本名で呼び捨てにするのは善右衛門しかいない――。

声は善右衛門に似ていた。

夢の中で聞いた声であったのか、本当に聞こえたので目覚めたのか、判然としなかった。

秋の虫の音を聞いていると、どんどん夢の中での声であったように思えてきた。

横になったものの、目が冴えて眠れない。

金魚はここ三日ほどの出来事を振り返った。

怪異——と言えるかどうか——が起こったのは今日が初めてではない。

気づいたのは一昨々日《さきおとつい》。腰高障子を叩く音で目覚め、真っ暗な中、外に顔を出してみたが、人影はなかった。

一昨日と昨日は、今日と同じように声で目覚めた。なんと声をかけられたのか分からず、夢かうつつかといぶかりながら次の声を待ったが、二度目が聞こえることはなかった。

そして今日、声の主が金魚の本名を呼んだ。

もしかすると声の主は何日か前から通って来ていて、呼んでも気づかぬ自分に業を煮やして障子を叩いたのかもしれない。

あたしが飛び出したから、やっと気づいてもらえたと知り、また声をかけるようになった——。

でも、なぜ？

用があるならば、姿を隠すことはない。悪戯《いたずら》にしては芸がない。芸がないくせに、しつこく毎夜訪れる——。

幽霊――、のわけはない。

幽霊なんかいない。

では、誰がなぜ、夜毎ここを訪れる？

考えは堂々巡りをし、目はますます冴えていった。

二

金魚は福井町の長屋を出て、通油町の草紙屋薬楽堂へ向かった。

濃い灰色の紋付き無地の着物に、花柄の帯を一ッ結びにして、髪型はいつもの甲螺髷。手には風呂敷包みを抱えている。

時は文政。江戸で町人文化が大きく花開いた時代である。川柳や戯作が流行《はや》り、錦絵が飛ぶように売れて、出版業界も活況を呈していた。

薬楽堂は娯楽読み物や錦絵を出版し、小売りも行う、江戸では地本屋《じほんや》と呼ばれる本屋であった。〈草紙屋〉と上方の呼び名をつけているのは、地本屋が多い通油町で、ほかの店と差別化をはかるためであった。

金魚は神田川沿いの道を柳橋に向かって歩く。瓜形の盆提灯《ちょうちん》を天秤にぶら下げた行商が何人も売り声を上げている。忙《せわ》しげに道を行く、商家の奉公人らしい者たちの顔が明るいのは、盆の藪入《やぶい》りが近いからだろう。

薬楽堂は大丸新道と古名大門通りの辻、木綿や茶、蝋燭《ろうそく》の問屋が並ぶ界隈にあった。金魚の長屋から十一町（約一・二キロ）ほどである。

柳橋を渡り、見世物や芝居小屋が建ち並ぶ賑やかな両国広小路を通って、通塩町を浜町堀の方へ真《ま》っ直《す》ぐ進む。堀に架かる緑橋を渡れば通油町。大きな店が並ぶ中、三軒だけ、間口のさして広くない店が並んでいる。中央が薬楽堂。左隣は酒屋。右隣は小間物屋である。

地本屋の店は間口を広く取るのが常であったが、元々の敷地が狭い薬楽堂は店頭の斜めになった棚に本を少し重ねるようにして並べていた。気《き》の利かない客が乱したままにしてある本の列を、小僧の竹吉《たけきち》、松吉《まつきち》がせっせと直していた。

金魚が「ごめんよ」と言いながら三和土《たたき》に入ると、主の短右衛門《たんえもん》が眉を八の字にして情けない笑顔を作った。

「ああ、金魚さん。父は今、見張りをしていて、お相手できません」

父とは、薬楽堂の前の店主長右衛門《ちょうえもん》のことである。

「知ってるよ。だから来てやったんだ」

金魚は風呂敷包みの結び目の下に指を突っ込んで、顔の高さまで持ち上げて見せた。

「へぇ」と口を挟んだのは竹吉である。

「昨日は、無念《むねん》さんの仕事が終わるまで店には近づかないなんて仰ってたのに」

竹吉は目端の利く子供で、薬楽堂では重宝されている。

無念とは、本能寺《ほんのうじ》無念。薬楽堂で本を出している戯作者である。

この時代、戯作だけで食えるのは、一部の有名戯作者だけであった。多くの者が兼業で戯作を書いていたが、無念はほかの仕事にはつかず、薬楽堂に居候して執筆にはげんでいるのだった。

「無念の仕事が終わらなきゃ、あたしの戯作が本になるのも延び延びになっちまうって気づいたのさ」

金魚が答えると、もう一人の小僧、松吉が目を丸くした。

「するってぇと、無念さんの草稿を金魚さんが書くんで？」

松吉は少し抜けたところがある。店の用事はもっぱら竹吉が言いつけられるものだから、短右衛門や金魚、無念の用事は必然的に松吉に回るのであった。

「ばかだねぇ。そんなことやるわけないだろう」

「だって、無念さんに比べりゃあ、金魚さんの方がずっとずっと筆が速い。だったら、金魚さんが書いた方が、草稿の上がりが早うござんしょう」

「なるほどお前の言うとおりだ。だけどさ、相手が素人ならいざしらず、あたしより売れていないとはいえ、無念先生は戯作者の先輩だ。そんな失礼なことできやしないよ」

「誰が売れてねぇって！」

帳場の脇の長暖簾《ながのれん》の向こうから声がした。

暖簾の図柄は笹に短冊。七夕に合わせたものがまだ掛け替えられないでいる。そんなことにも気が回らないほど薬楽堂は忙しいらしい。

金魚の目が暖簾に向いているので竹吉がそれと気づいたようで「いけね」と言いながら暖簾を潜って奥へ走った。

暖簾がはね上げられた瞬間、こちらを睨んでいる無念の顔がちらりと見えた。眉が太く、目が大きい。そこそこの美形なのだが、無精髭のせいでむさ苦しく見える。怖い顔をするとまるで山賊のようであった。

金魚はふっと笑みを浮かべ、

「本当のことを言われて怒るんじゃないよ――。なんだねぇ。てっきり大旦那と離れに閉じ籠もっていると思ったら、そこにいたのかい」

と言いながら暖簾をたくし上げる。

帳場の奥の八畳間には、無念と長右衛門が座っていた。

無念は文机を前にして捩《ねじ》り鉢巻き、汗じみた縞の夏物に襷掛《たすきが》けして紙に筆を走らせている。

長右衛門は無念と向かい合わせに机を置き、朱墨の筆を持って、無念が書き上げた草稿に朱を入れていた。校合《きょうごう》――校正をしているのである。

「離れよりこっちの方が風が通って涼しいんだよ――。余計なこと言って邪魔するんなら帰《け》ぇれ、帰ぇれ！」

無念は草稿に目を向けたまま、追い払うように左手を振った。

「なんだい。せっかく手伝ってやろうと思って来てやったのにさ」

金魚は、隣の部屋から文机を一つ持ってきて長右衛門の横に置いた。

「なにをするつもりでぇ?」

長右衛門がぎろりと金魚を見た。

「副本作りを手伝ってやるんだよ」

この時代、本を出版する時には、本屋仲間がその内容を吟味した。その吟味には副本——、手書きの原稿を袋とじにしてかがった写しを三部、仲間の代表である行司に提出しなければならない決まりであった。行司は本屋から提出された副本を吟味した後に町役人に提出する。

筆工へ渡す副本も必要で、草稿が出来上がったら四部の写しを用意するのである。

「もとはといえば、大旦那が引札《ひきふだ》なんかばらまいて本が店に並ぶ日を知らせちまったせいで、こんなことになってるんだろ」

引札とは、広告のためビラである。

長右衛門は、無念の次の本を大々的に売り出すために、あちこちに引札をばらまいたのだった。

刊行日を予告してしまったものだから、それから逆算すれば行司に副本を提出する日も決まる。その日が近づいているのに、無念の草稿が仕上がらない——。それでみながら焦っているのであった。

金魚は文机の上で風呂敷包みを開き、硯箱《すずり》を出した。包みの中にはもう一つ風呂敷包みがあったが、それは出さずに外側の風呂敷を結び直した。

「松吉。煙草盆《たばこぼん》と水注《すいちゅう》を持って来な」

水注とは、硯に水を注ぐための容器である。

「へーい」と、松吉はすぐに陶器の水注と漆塗りの煙草盆を持って来た。

「松吉。その煙草盆はお客用だよ」

短右衛門が咎《とが》める声がする。

「あっ。いけねぇ」

松吉は煙草盆を持って店に戻る。

入れ違いに奥から出てきた竹吉は片手に暖簾、片手に煙草盆を持っていた。

「はい、金魚さん」

竹吉は金魚の脇に竹駕籠《たけかご》の煙草盆を置き、七夕の長暖簾を外して、一本の女郎花《おみなえし》が一本の男郎花《おとこえし》に寄り添う図柄の暖簾に替えた。

「ありがとよ。竹吉はよく気がつくねぇ。暖簾の図柄もかわいらしく色っぽくていいじゃないか」

金魚が褒《ほ》めると、店から戻った松吉が膨れっ面をして、「またおれの仕事を取った」と文句を言った。

「いいから、いいから。仕事は気がついた奴がさっとやっちまうのがいいんだよ」

竹吉は松吉の背中を押して店に戻る。

金魚は微笑みながら二人の小僧を見送り、腰差しの煙草入れを抜いた。

紙縒《こより》で網代《あじろ》に編み、漆で仕上げた溜色《ためいろ》の煙管筒《きせるづつ》から、銀延《ぎんのべ》の煙管を抜く。胴に曼珠沙華《まんじゅしゃげ》が彫り込まれ、雄しべにだけ金象眼《きんぞうがん》が施された上物である。少し前に、仙台の随筆家、只野真葛《ただのまくず》と取り替えっこをした煙管であった。

今日の煙草入れは、水色の天鵞絨《びろーど》に葉先だけ黄色や橙《だいだい》に染まった楓の葉を刺繍したもの。緒締《おじ》めは苔玉《こけだま》を思わせる濃い緑の翡翠《ひすい》。前金具は銅で産卵期の錆色《さびいろ》を表した、落ち鮎《あゆ》である。

金魚は煙草を摘《つま》んで火皿に入れ、火入れの炭で吸いつける。

煙を吐き出しながら長右衛門の机から朱を入れた草稿を取り上げた。

「酷ぇ字だね」

「うるせぇよ」

無念と長右衛門が同時に言った。

長右衛門は金魚が脇に置いた風呂敷包みに目をとめ、

「それは?」

と訊いた。

「着替えだよ」

金魚は草稿を読みながら、口の端から煙を吐く。

「着替え？」

長右衛門と無念は片眉を上げた。

「なんでぇ。今夜はどっかに泊まりに行くのか？」

無念の顔が険しくなる。

「手伝いに来たって言ったろう。ここに泊まり込むんだよ。どうせ夜なべ仕事になるんだろ――。ほれ、手を止めるんじゃないよ」

「そういうことかい」

無念はほっとしたような顔になる。

「さぁて――」

金魚は煙管の灰を落とし筒に仕舞うと、長右衛門の脇に積み上げられた紙の束を半分ほど自分の側に引っ張る。

そして、文机に置いた硯箱の蓋を開けて、注水の水を端渓硯《たんけいけん》に垂らす。

端渓硯とは、現在の中国広東省の中部で産出する硯石《すずりいし》で作られた高級な硯である。

「いい道具を使ってやがるな」

長右衛門が羨ましそうな顔で金魚の硯箱を覗き込んだ。

「旦那が御大尽《おだいじん》だったからね」

金魚は嘘をついた。硯箱の中の硯、筆、墨、文鎮《ぶんちん》は、松本屋の女郎だった頃に、大松屋善右衛門以外の馴染《なじみ》から贈られたものである。

善右衛門が金魚を囲っていた話はみなが知っているが、以前女郎をしていたことは無念以外には話していない秘密であった。

金魚は長右衛門が朱を入れた草稿を凄まじい速さで書き起こしていく。どれだけ急ごうと、金魚の流麗な文字は乱れない。時々、長右衛門が見落とした誤字脱字を発見し、二人に確認しながら細かい手直しもした。

執筆の時には煙管を取っ替え引っ替えして煙草を吸い続ける金魚であったが、物語を考える頭を使わずにすむからなのか、ほとんど煙管に手を伸ばさなかった。

昼前には、長右衛門が朱を入れた分は、四部の清書を終え、金魚は縁側に煙草盆を持っていき、煙管を吹かした。

無念はちらりと金魚の背中を見た。

いつもよりこころもち丸まっているように感じる。ぷかり、ぷかりと頭の向こう側に浮かぶ煙にも元気がないような気がした。

「どうしてぇ、金魚。なにやら萎《しぼ》んでるじゃねぇか」

「誰が萎んでるって？」

金魚は煙管の灰を捨てながら無念を振り返って眉を吊り上げた。

「元気だけが取り柄の金魚姐《ねえ》さんが、今日はいっつもより生彩を欠いてるって言ってるんだよ」無念は紙に筆を走らせながら言う。

「物《もの》の怪《け》にでも精気を吸い取られてるんじゃねぇか？」

「ばか言ってるんじゃないよ」

と言った言葉が、一瞬遅かった気がして、無念は眉をひそめた。

金魚は無念の表情に気がついたようで、さっと中庭に顔を向ける。

「この世の中にゃあ、物の怪も幽霊もいやしないんだよ」

と煙管に煙草を詰める。

無念は今度は長右衛門に目を向けた。

長右衛門も金魚の様子が気になったようで、無念に問いかけるような視線を向けている。

無念は小さく首を振る。

金魚は背中でその気配を感じ取ったのだろうか、さっと二人を振り返った。

「鬱陶しいねぇ。女にゃあ、色々とあるんだよ」

「ああ」長右衛門が即座に言う。

「月のものかい」

「ばか」

金魚はぷいっと中庭を向き、煙管を吸いつけた。

無念と長右衛門はほっとした顔で肯《うなず》き合い、それぞれの仕事を再開した。

三

校合を終えた草稿が溜まると、金魚は文机に戻って清書をした。しかし——、頻繁に厠《かわや》に立つこともなく、仕事を続けている。

そして、時々手を止めて小さな溜息をついている。

こいつは、月のものじゃねぇな——。

無念は思った。

ならば、なんだ？

なにか悩み事でもあるのか？

厄介事が持ち上がっても、金魚は頭が切れるからすぐに解決策を考えつく。

するってぇと、金魚だけじゃあ解決がつかねぇことを抱えてるってわけか——。

そう思うと気になって、無念の筆は遅くなる。

なんか悩んでいることがあるんなら言ってみな——。そう訊いたところで、素直に話す金魚ではない。

さてどうしたものかと思っていると、長右衛門がちらりと目配せしてきた。

「小便」

長右衛門が言った。

「おれも」

無念が言う。

「厠は一つだ。庭で連れションといくか」

長右衛門が立ち上がる。

「順番ですりゃあいいじゃないか」

金魚は清書の筆を止めることなく言う。

「連れションは男の楽しみなんだよ。女にゃあできめぇ」

無念も立った。

「したいとも思わないよ」筆を動かしながら金魚はしかめっ面をした。

「いい年こいて、ガキみたいなことしなさんな」

「うるせぇよ」

無念と長右衛門は連れだって庭に下りる。

「どこでやったか教えておくれよ。そこには近づかないから」

金魚は二人の背中に言った。

「そこだけ勢いよく草が伸びるからすぐに分かるさ」

無念が答えた。

「んなわきゃあねぇだろ」

金魚は呆れ顔を振った。

無念と長右衛門は金魚から見えない築山まで走った。長右衛門は着物の前をはだけて褌《ふんどし》の脇から一物を引っ張り出す。

「なんでぇ。本当に小便だったのかい」

「年寄は近ぇんだよ。ほれ、音がしねぇと怪しまれるから、お前《め》ぇも垂れろ」

言われて、無念は並んで雑草の上に飛沫を上げる。

「金魚の様子、おかしいと思わねぇか？」

長右衛門が言った。

「ああ。なにか気にかかることがあるんだろうな」

「男かねぇ」

「そんなことはねぇ」

無念は即座に首を振る。

「なんで言い切れる？」

長右衛門に問われて、無念は己に問い返す。なぜ金魚に男がいないと言い切れる？

とたんに不安が首をもたげるが、それを肯定したくない無念は、

「なんとなく……」

と自信なさげに言った。

長右衛門は無念の変化に気づいた様子もなく、

「いつから様子がおかしくなったろうな」

小便をしながら首を傾げる。

「さぁ……。おれが気づいたのは今日だったが……」

「昨日、一昨日あたりから変だったような気もする」

一物を振って滴を切り、褌にしまうと、長右衛門は着物の太股に掌を擦《こす》りつける。

「薬楽堂でなにかあったって様子はねぇから、手掛かりがあるとすりゃあ長屋の方じゃねぇか？」

無念は長右衛門と同様の仕草で小便を終えた。

「松吉に探らせてみるか？」

長右衛門が言う。

「いや、松吉じゃあ心もとねぇ。清之助《せいのすけ》に頼もうぜ」

清之助とは薬楽堂の番頭である。まだ若いが、よく気の利く男であった。今は得意先に本を届けに行っていた。

「それがいい」

長右衛門は肯いた。

「ずいぶん長い小便だね」

金魚の声がした。

「爺ぃは長ぇんだよ」

長右衛門は答えた。

「じょぼじょぼ、じょぼじょぼって細切れに途切れるしな」

無念はにやっと笑って築山を下りる。

「うるせぇよ。じょーじょーと勢いよく出らぁ」

長右衛門も後に続いた。

「下品なこと言ってるんじゃないよ！」

金魚の怒声が響いた。


小半刻《こはんとき》（約三〇分）ほどして、清之助が帰って来た声が店の方から聞こえた。

「おっ。帰ぇって来たな。ちょっくら用事を頼んで来る」

長右衛門は文机の前を離れた。

「続けざまに用足しさせるのは気の毒だよ」縁側で休んでいた金魚が言う。

「少し休ませておやりよ」

「そんなこと言ってると干上がっちまうんだよ」

長右衛門は長暖簾を潜って店に出る。

声が聞こえていたらしく、清之助は笑みを浮かべて、「御用はなんでございましょう？」と訊いた。

「おう。実はな――」

長右衛門は清之助を外に連れ出した。

「金魚の様子がおかしいんだよ」

長右衛門が事情を話すと、清之助は眉を曇らす。

「――なるほど、長屋に行って聞き込みをして、様子が変な原因を探ってくればいいんですね？」

清之助は表情を引き締める。

「聞き込みをした奴にゃあ銭を握らせて口止めをしとけ」

長右衛門は懐から財布を出して、小銭を二摑み、清之助の掌に載せた。清之助はそれを丁寧に手拭いで包み、肯く。

「上手くやってきます」

「金魚が怪しんでお前ぇになんの用事だったか訊くかもしれねぇ。ちょいと貫兵衛《かんべえ》のところへ寄って、話のねたをもらってこい」

貫兵衛とは北野《きたの》貫兵衛。橘町一丁目の読売屋である。貫兵衛は元池谷《いけがや》藩で御庭番を務めていたが、いわくあって、金魚や薬楽堂の面々に助けられた。読売屋は長右衛門が、戯作のねた集めを目的にやらせているのであった。

「承知しました」

言って清之助は走り出した。

長右衛門が座敷に戻ると、金魚が縁側で振り返り、

「なんの用を頼んだんだい？」

と訊いた。

いい勘をしてやがるぜと思いながら、長右衛門は何気ない顔を装う。

「貫兵衛んとこへやったんだよ」

あまり喋り過ぎると疑われると思い、短く答えた。

「ここんとこ顔を見なかったから、ねたが溜まっているだろうねぇ」

突っ込んだ問いもなく金魚がそう言ったので、長右衛門は安心して文机の前に座る。

「面白ぇねたがあればいいんだがな」

と朱筆を取った。

「盆も近ぇから、幽霊断《ばなし》でも拾ってりゃありがてぇ」

無念が顔を起こし、右肩をぐるぐる回す。

煙管を持つ金魚の手がぴくりと動いたように見えた。

無念は眉をひそめる。

金魚が幽霊という言葉に反応した？

無念はさらに探ろうと考え、金魚をからかってみる。

「なんでぇ。幽霊断って言ったら、びくっとしやがって。いっつも幽霊なんていねぇだとか、怪異は人の仕業《しわざ》だとか言ってやがるくせに、本当は怖《こえ》ぇんじゃねぇか」

無念の言葉に、金魚はゆっくりと振り向く。その顔にはばかにしたような笑みが浮かんでいた。

「あのねぇ、無念。雁首と吸い口だけ真鍮で、羅宇《らお》は竹のお前の安物とは違って、あたしの煙管は真葛婆ぁと取っ替えっこした銀延だ。彫りを入れるために胴が厚くできてるから普通の銀延よりもずっと重い。あたしのように筆より重いものを持ったことのない白魚の指だと疲れるのさ。二服も三服も吸ってりゃあ、手も震えるよ」

いつもながらの減らず口であるが、無念には金魚がなにかを誤魔化しているように感じられた。

「そうかよ。それならその銀延、おれがもらってやってもいいぜ」

「だれがお前なんかにやるもんか。これと同等の銀延を持ってきたら、取っ替えてやってもいいけどね」

金魚は煙管を筒にしまい、文机に戻って長右衛門の机の脇に溜まった草稿の束を取って清書を始めた。

四

夕刻、金魚は近所の湯屋へ出かけた。

すでに店に戻っていた清之助が座敷に入って来た。

「どうだった？」

無念も長右衛門も筆を止めて身を乗り出した。

「長屋のおかみさんたちにこっそりと話を聞いたんでございますが、どうも変な具合でございます」清之助の表情は硬い。

「ここ二、三日、真夜中に金魚さんを訪ねて来る者があるのだそうで」

「間夫《まぶ》かい」

長右衛門はにんまりと笑う。無念は険しい顔になる。

「いやぁ、どうでしょう。年寄《としより》だそうで。おかみさんたちは、金魚さんがうちで戯作を書いているのを知っているんで、最初は大旦那が訪ねて来たのだと思ったんだそうでございます。でも、それにしては身なりが上品――」

「ほっとけ」

長右衛門はむっとした顔をする。

「三人のおかみさんたちが、声や戸を叩く音で目が覚めて、そっと覗くと年寄が金魚さんの戸口に立っている。でも、ちょっと目を離した隙にいなくなる――。線香のにおいがしたと言ったのが二人。人魂《ひとだま》が飛んでいるのを見たのが一人」

「人魂……」

無念は青ざめる。

「おかみさんたちは、その話を金魚に伝えたのか？」

「見間違いかもしれないから、あと一日二日様子をみるつもりだったそうで。うちの方でなんとかするから、金魚さんには黙っておいてくれと口止めしておきました」

「金魚は」長右衛門は腕組みした。

「その爺ぃの幽霊が怖くて、ここに逃げ込んで来たのかもしれねぇな」

「でも、金魚さんなら幽霊の正体を暴こうとしますよ」

清之助が言った。

「幽霊なんかいないなんて強がっていても、金魚も女だ。爺ぃの幽霊に通って来られりゃあ怖くもならぁなぁ」

無念は言った。

「そうでしょうか――。で、どうします？」

清之助は無念と長右衛門の顔を交互に見た。

「どうするって、なにを？」

長右衛門が訊く。

「その幽霊、放っとくんですか？」

「おれたちに幽霊退治はできねぇよ」

無念はぶるぶると首を振った。

「拝み屋さんに頼むとか」

「知り合いに腕のいい修法師《ずほうし》がいるが――」長右衛門は鼻に皺を寄せた。

「金魚は幽霊が訪ねて来るなんて認めねぇだろうからな。こっちから修法師を呼んでやるっても、笑い飛ばすだけだろう」

「それじゃあ、わたしが確かめて来ましょうか」

清之助が目を輝かせる。

「駄目だ、駄目だ」

無念と長右衛門は同時に首を振った。

「お前ぇ、木刀を持ってくつもりだろう」

無念が言う。

「まぁ、用心のために」

「お前ぇは木刀を持つと見境がなくなる。長屋の連中に迷惑がかからぁ」

長右衛門が言った。

「幽霊もここまでは来るめぇ」無念は筆を取る。

「まずは一晩、様子をみようぜ」

「その後はどうするんです？　無念さんは幽霊が怖くて問題を先延ばしにしてるだけじゃないですか」

「なんだとぉ！　もう一遍、言ってみやがれ！」

無念は腰を浮かせて腕まくりした。

「幽霊ですって？」

暖簾をたくし上げて竹吉と松吉が顔を出した。その後ろに短右衛門も立っている。

「なんでぇ。聞いてたのかい」

無念は舌打ちする。

「暖簾一枚しか隔てていませんからね。そりゃあ、聞こえますよ」

竹吉がにこにこと笑った。

「無念さんの怖がりにも困ったもんです」

松吉が口元に手を当ててくすくすと笑った。

「松吉ぃ！　お前ぇまで笑いやがって！　よぉし。お前ぇは怖くねぇんだな。だったら今夜、金魚の長屋に張り込んで、幽霊の正体を見きわめてきやがれ！」

「えっ？　あっしがですか？」

松吉は泣きそうな顔をする。

「口は禍《わざわい》の元」竹吉がたしなめる。

「無念さん。勘弁してやってください」

「勘弁ならねぇな」無念は意地悪くにんまりと笑う。

「口は禍の元ってのを、お前ぇも体で知ってもらおうか」

「えっ？　わたしもでございますか？」

竹吉は顔を強張らせた。

「無念さん」清之助が呆れたように笑いながらとりなす。

「二人だけじゃ可哀想でございますから、わたしも一緒に参ります」

「ならねぇ。二人っきりで行ってきな」

「夜に出歩けば人攫《さら》いに連れて行かれます」

松吉が泣きべそをかく。

「薄汚ぇ小僧を拐《かどわ》かす人攫いなんかいるもんか。金魚に気づかれねぇように行ってくるんだぜ」

無念の言葉に、竹吉は松吉の肩を抱いて立ち上がり「覚悟を決めて行って参ります」と答え、暖簾の向こうに引っ込んだ。

半刻（約一時間）ほどで金魚は湯屋から戻って来た。清之助が頼んできた仕出し屋の弁当で夕食を済ませると、無念は執筆、長右衛門は校合、金魚は清書の作業を再開した。

座敷には清之助がついて、三人の面倒をみた。

金魚は「松吉と竹吉は？」と訊いたが、清之助は、

「子供に夜なべ仕事のつき合いをさせるのは酷でございますから」

と答えた。


深夜、竹吉と松吉は提灯を持って、こっそり薬楽堂を出た。気の毒に思った短右衛門が一緒について行った。

三人が戻って来たのはそれから一刻半（約三時間）ほど後であった。

三人とも深刻な顔をしている。

勝手口の潜り戸を入る前に、短右衛門は竹吉と松吉を振り返り、

「わたしたちでなんとかしなきゃならない。絶対に気取《けど》られるんじゃないよ」

と言った。

「でも、旦那さま」松吉は眉を八の字にする。

「三人じゃ心細うございます」

「番頭さんとか、貫兵衛さんとかにお手伝いしてもらっちゃあ――」

竹吉が言ったが、短右衛門は即座に首を振った。

「貫兵衛はお父っつぁんの手下《てか》。清之助は木刀を持たせれば見境がなくなる。やっぱり、わたしたちだけでなんとかしなきゃならないよ。いいね」

決然とした顔で言う短右衛門に、二人の小僧は「はい……」と肯くしかなかった。

店の裏の座敷にはまだ明かりが灯っている。三人は足音を忍ばせてそれぞれの部屋に向かった。

五

薬楽堂には通いの下女が二人いた。一人ははま。年の頃は三十四、五。小太りの女

である。もう一人はみねで、十二、三の娘であった。朝、飯を炊きに来て、店仕舞いまで洗濯や掃除、買い物などの雑用をこなしていた。

金魚、無念、長右衛門は、精気のない顔で朝餉《あさげ》を口に運んでいた。全員、昨夜は一刻（約二時間）ほどの仮眠しかしていないのであった。

短右衛門と清之助、竹吉、松吉はすでに朝餉を済ませて店に出ている。

「ごちそうさまぁ」

金魚は両手を合わせると、箱膳の前を離れて仕事場の座敷へ戻る。無念もぶすっとした顔で後に続いた。

はまは、井戸端で洗濯をしている。

みねは、いつもなら無念の仕事なのだが、煮炊き用の薪割りを外でしていた。

台所の板敷には長右衛門だけが座っていて、飯茶碗に白湯を注ぎ、沢庵で飯粒を洗いながらそれを啜っていた。

竹吉と松吉が台所に顔を出し、長右衛門一人なのを確かめると側に歩み寄った。

「どうだった？　あんまりのんびりしてると金魚に怪しまれる。手っ取り早く、かいつまんで話せ」

長右衛門は言うと、白湯を飲み干す。

「かいつまんで申し上げます」竹吉は長右衛門の箱膳の側まで膝で進み、顔を突き出して小声で言った。

「出ました」

「そうか。出たか」長右衛門は腕組みして肯いた。

「男か？　女か？」

「老爺でございます。草木も眠る丑三つ時。長屋の木戸がすうっと開きまして、老爺が入って参りました」

「なんだい。木戸を開けて入《へ》ぇって来たんなら、生身の人じゃねぇか」

「わたしもそう思ったのでございますが、足元を見ますと動いておりません。まさに、宙を滑って進んでいるのでございます。おまけに白装束」

「白装束？　身なりのいい爺ぃじゃなかったのか？」

「いえ。白装束でございました。きっと普通の着物じゃ怖くないと思ったんじゃございませんか」

「幽霊がそんなこと考えるのか？」

「さて――。わたしは幽霊じゃございませんから、そこらへんはよく分かりません」

「まぁいいや。足を動かさずに進み、白装束ってんなら、そいつは幽霊に違いねぇ。それで？」

「はい。老爺は金魚さんのお宅の前に立ち、『たえ……』と声をかけました」

「たえ？　なんだそりゃあ。人の名前か？」

「はい――。わたしも、だったら人違いだと思いました。でも、よく考えたら、わたしは金魚さんの本名を知りません。大旦那はご存じで？」

「そう言われりゃあ、確かに筆名しか知らねぇな――。よし、松吉、紙と筆を持ってこい」

金魚が筆名を名乗ったのは、戯作者になろうと決めてからだろう。だとすれば、旦那に囲われていた時には本名を名乗っていたはずだ――。

金魚の旦那だったのは、呉服問屋の大松屋善右衛門。長右衛門は、その善右衛門をよく知る者が知り合いの本屋にいることを思い出したのだった。知り合いに文《ふみ》を書き、善右衛門が囲っていた女の名を教えてもらおうと思ったのである。

松吉が紙と筆を取りに走るのを見送りながら、竹吉は続けた。

「話はまだ終わりじゃございません――。老爺はしばらく金魚さんの部屋に声をかけておりましたが、諦めてまたすうっと木戸の方へ滑るように戻って行きました」

「追いかけたか？」

「もちろんでございますとも」竹吉は得意そうに言う。

「老爺は福井町を出ると、鳥越橋を渡って御蔵前に入り、木戸の手前で新旅篭町の方へ曲がり、堀端をずっと真っ直ぐ歩いて行きました。そして菊屋橋を渡り、新寺町の通りに入りました。あの辺りは、両側にずらっと寺が並んでおりましょう？　その中の一つにすうっと」

「入って行ったかい」

長右衛門の喉仏がごくりと動く。

「はい」

「なんていう寺だ？」

「東泉寺《とうせんじ》でございます。それで老爺は本堂の裏側の墓所へ回り込み、一基の墓の前で立ち止まると、すうっと吸い込まれるように消えてしまいました。その墓を見ると俗名大松屋善右衛門と――」

「幽霊は、亡くなった金魚の旦那に決まりだな」長右衛門は恐怖の表情を浮かべた。

「まさか、金魚を連れに来たってことはあるめぇな……」

「わたしもそれを恐れたのでございますが、老爺の表情が妙に穏やかで、悲しげで――。もしかしたら別の用で現れたのかなと」

「別の用ってのはなんでぇ？」

「はい。金魚さんは、旦那が亡くなった後、それまで囲われていなさった家を正妻に追い出されたというお話でした」

「ああ。そう言ってた」

「だとすれば、旦那のお葬式にも参列していないでしょうし、もしかすると墓参りにも行っていないのではないかと」

「ああ。それはあり得るな」長右衛門は腕組みして顎を撫でた。

「なにしろ、幽霊を信じねぇってんだから、死んだら終わり。燃やされて骨《こつ》になって埋められるだけって考えているのかもしれねぇ。墓参りなんか時の無駄って思っててもおかしくねぇ」

　硯箱と紙を持ってきた松吉が長右衛門の言葉を聞き、首を傾げる。

「金魚さんは、そんな薄情な人じゃないですよ」

「ちゃんと墓参りに行ってりゃあ、前の旦那が化けて出てくるわきゃあねぇだろう」

　長右衛門はさらさらと文を記すと、松吉に手渡した。

「松吉。これを日本橋の田中屋《たなかや》さんに届けてくれ。ちゃんと返事をもらってくるのを忘れるなよ」

　田中屋は専門書などを扱う物之本屋であった。

「えーと、日本橋、田中屋さん。お返事をもらってくること――。へい。覚えました」

　松吉は宙に文字を書きながら言った。

「頼んだぜ――。少ししたら無念が戻るはずだから、竹吉は、昨夜のことから松吉が田中屋へ行くまでのことを話してやれ」

　長右衛門はそう言うと、店の裏の座敷へ戻った。

　長右衛門の姿が見えなくなると、松吉が不安げに訊いた。

「竹吉。あれでよかったのかい？」

「上々だよ。みんなが金魚さんを悪く言っちゃあ、嘘臭くなるからな。お前はずっと、金魚さんの味方をすればいい」

「うん」松吉はほっとした顔をする。

「それならいっつもどおりにすりゃあいいから楽だ――。じゃあ、田中屋さんに行って来るよ」

「気をつけて行っておいで」

「うん」

松吉は勝手口から外に出た。

竹吉が小半刻（約三〇分）ほど待っていると、無念が座敷から出て来た。

「どうだった？」

「出ました」

竹吉は昨夜の出来事から、松吉が長右衛門の文を持って田中屋へ出かけたことまでを話した。無念の顔が強張る。

「そうかい……」

無念の胸に、幽霊とは別の不安が小さな暗雲を生み出した。

田中屋が、大松屋の妾だった金魚の過去をどこまで知っているか、という不安である。

金魚は、以前女郎であったことを隠している。長右衛門に知られれば、それを売り文句にして金魚の戯作の売り上げを伸ばすことを考えるだろうという判断からだった。

金魚は自分の腕だけで勝負したいと考えていたのである。

もし田中屋が金魚の前身を知っていれば、ここで長右衛門にばれてしまうかもしれない——。無念はそれを心配したのであった。

しかし、もし田中屋がそれを知っていたとすれば、もっと前に長右衛門に話していても不思議はない。だが、長右衛門は未だに金魚の前身を知らない。

もしかすると大松屋善右衛門が、金魚はもと女郎であったということを秘していたのかもしれない。

「まぁ、考えたって仕方がねぇか」

無念は独りごちた。

「なにが仕方ないのでございます？」

竹吉が訊く。

「いや、こっちのことだ。で、大旦那はこれから先のことをなにか言ってたか？」

「いえ、なんにも。田中屋さんの返事待ちじゃございませんかね」

「大旦那も無駄なことをしたもんだぜ」

「どういうことでございます？」

「金魚の本名がなんだろうが、金魚のところに出て来るのは大松屋善右衛門に決まってらあ。わざわざ本名なんか確かめなくてもよかった」

「ああ……。それもそうでございますね」竹吉は苦笑する。

「知恵袋がいなきゃ、頓珍漢《とんちんかん》なことばっかりしそうでございます」

「この件は金魚に相談するわけにゃあいかねぇし、知恵者の真葛の婆ぁは仙台に帰っちまったしな……。まぁとにかく、大松屋がなんのために金魚んとこに現れるのか、それを確かめなきゃなるめぇ」

「そんなことより、金魚さんにそのまんまお話しした方がよくはありませんか？　そうすりゃあ、金魚さんは大松屋さんの幽霊とお話ししようってことになるでしょうから。解決の早道だと思うんでございますが」

「もし大松屋の幽霊が、金魚を冥府へ連れて行こうと考えてたらどうするよ」

無念はぶるぶると首を振る。

「だから、大松屋さんの幽霊は、そんな恐ろしいことを考えているようには――」

「坊主でも修法師でもねぇお前ぇに、幽霊の気持ちが分かるわきゃあるめぇ」

「まぁ、それはそうでございますが……。それじゃあ、修法師を呼んで来るか、あるいは、わたしたちで幽霊の気持ちを確かめるかでございますね」

「おれたちで……か」

無念は唇を震わせた。見る見る頬に鳥肌が立っていく。

「確かめるにしても、無念さんに早く脱稿してもらわないと、動きが取り辛うございます」

「うむ……。そうだな……」

無念は顔をしかめて仕事場の座敷に戻って行った。

竹吉はふうっと溜息をつき、その場に座り込んだ。

無念と入れ替わりに、短右衛門がこっそりと台所に入って来た。

「どうだった？」

短右衛門は竹吉の前に座って小声で訊く。

「今朝はみんなにどうだったと訊かれます」竹吉は苦笑する。

「どうにもこうにも、どうやったら上手くいくのか、皆目分かりません。真葛さんがいらっしゃれば、快刀乱麻のごとく、上手い手を考えてくださるでしょうが……。ことが差し迫っているので、仙台に文を出して相談するわけにもいきませんし」

「なんとか金魚を家に帰したいんだがねぇ……。なにかいい口実はないものだろうか」

短右衛門は立ち上がって腕組みをし、板敷を行ったり来たりする。

「下手な理由をつければ、一発でばれてしまいます。様子をみるしかございませんよ」

竹吉は力無く首を振った。

六

「あのさぁ。無念の筆が進まないと、こっちが暇なんだけどねぇ」

金魚は縁側で煙管を吹かしながら言った。

「うるせぇな。必死でやってるだろうが」

無念は腕組みをして、真っ白な紙を睨みつけている。朝餉の後、数枚書いたが、ぴたっと筆が止まっていた。

「書いてるより待ってる方が疲れるねぇ」金魚は火皿の灰を捨て、煙管を筒にしまって立ち上がる。

「ちょいと甘いものでも食べて来るよ」

金魚は煙管筒を帯に挟み込んだ。

「行け、行け。行っちまえ。うるせぇ奴がいなくなれば、筆も進むってもんさ」

無念は紙を睨んだまま言った。

「ついでに昼餉《ひるげ》も食べて来るから、それまでに脱稿しておくんだよ」

金魚は無念に舌を出して、暖簾をくぐり座敷を出て行った。

無念と長右衛門はふうっと溜息をつく。

「昼餉も食うって言ってたから、あと一刻半（約三時間）は帰ぇって来ねぇな。やっと顔を揃えて打ち合わせができるぜ」

長右衛門が言った。

「そっちが気になって筆が進まねぇ」

無念は体を仰《の》け反らせ、後ろに回した腕で体を支えた。

金魚が薬楽堂を出て半刻（約一時間）ほど経って——。

「ただいま帰りました」

暖簾をはねあげて松吉が座敷に入って来た。短右衛門と清之助がそれに続いた。竹吉は店番に残ったようであった。

長右衛門は松吉から田中屋の返信を受け取り、目を通す。

「金魚の本名はたえで間違いねぇ」

長右衛門は言うと、一同の顔を見回してにやりと笑う。

「これにゃあ金魚が大松屋の妾になる前になにをやってたかまで書いてあるぜ」

その言葉に、無念は全身が冷たくなるのを感じた。

「そういえば——」短右衛門が言った。

「お妾さんになる前はなにをやっていたのか訊いたことはございませんでした」

「戯作者は面白ぇ話さえ書ければいい」

長右衛門は素っ気なく言った。

「それで、金魚はなにをやってたんだ？」

無念は訊いた。自分でもぎこちない言い方だと感じたが、長右衛門は気にした様子もなく、

「深川の芸者だとよ」

長右衛門の言葉に、無念は体の力が全て抜けてしまうほど安心した。

「あの婀娜《あだ》っぽさは芸者だったからですか。なるほど、納得でございますね」

清之助が言う。

「羽織芸者は男勝りでございますからなぁ」

短右衛門が言った。深川芸者は羽織芸者、辰巳《たつみ》芸者とも呼ばれ、意気張《いきはり》があってきっぷがいいと言われていた。

「そのままでございますね」

松吉がくすくすと笑った。

みんな、うまく誤魔化された——。

無念は思った。

大松屋善右衛門は、親しい者にも金魚の本当の前身を語っていなかったようだ。金魚が望んだのか、善右衛門が望んだのかは分からないが——。

金魚はそのことを知っているだろうか？

しかし——。

金魚が元吉原女郎であったことは隠し通せた。だが、長右衛門の性格からすれば、

元辰巳芸者を売りにして戯作を書かせようとすることは十分に考えられる。

金魚には過去を知った理由を話さなければならないが『小耳に挟んだ』とでも言って性急に話を進めてしまうかもしれない。

なんとか早く、みんなが金魚を元辰巳芸者であると思っていることを知らせなければならないと無念は思った。

しかし、そのためには、なぜみんながそう考えたのかを話さなければならない――。

さてどうしたものか――。

無念は腕組みして白いままの紙を見つめる。

ほかの一同は、無念が執筆にとりかかろうとしているのだと思い、そっと座敷を出て長右衛門の離れへ向かった。


甘いものでも食べてくると言って薬楽堂を出て来た金魚であったが、甘味処にも寄らず、真っ直ぐ長屋へ戻った。

敷地の奥の小さな広場にある井戸端で洗濯をしているおかみさんたち三人を見つけて、「ただいまぁ」と言って歩み寄った。

「金魚ちゃん。朝帰りかい」

大工の甚助《じんすけ》の妻きねがにやにやと笑う。

「そういう色っぽいことならいいんだけどね。薬楽堂に泊まり込みだよ」

三人の側に立って金魚は肩をすくめて見せた。

「なんだい。仕事かい。ご苦労さんだったね」

棒手振の留五郎《とめごろう》の妻たけが言う。

「ところでさぁ、昨夜《ゆんべ》、誰かあたしんとこを訪ねて来なかったかい？」

金魚が一晩長屋を空けたのは、夜な夜な訪ねて来る幽霊を怖がったからではなかった。長屋に金魚がいなければ、幽霊はどう動くかを知りたかったからである。

幽霊はこの長屋に現れ、あたしの本名を呼んだ。それはつまり、あたしの前身を知り、大松屋の旦那が亡くなった後の動向も知っている者ということ。だったら薬楽堂で戯作を書いていることも、薬楽堂の連中以外にたいしたつき合いがないことも知っている。

長屋にあたしがいなければ、次に訪れるのは薬楽堂だろう。

しかし、薬楽堂に幽霊は出なかった。

もし昨夜、長屋には幽霊が出たとすれば、長屋にあたしがいなかったから諦めたということになる。

あたしがいたのは薬楽堂の中庭に面した座敷。庭の向こうは板塀を挟んで小路が通っている。中に入り込むのは無理でも、板塀の向こう側からなにか仕掛けることはできたはずだ。

そこまでするつもりはなかったか？

それともほかに理由があったのか？

それらを推当《おしあ》てる手掛かりを求めて、金魚は長屋に戻ってきたのであった。

金魚の問いに、三人のおかみさんたちは、一瞬視線を絡み合わせる。なにか口裏を合わせているのだと金魚は察した。

「昨夜は誰も訪ねて来なかったよ」

左官の卯吉《うきち》の妻とき
が言った。

「昨夜はってことは、昼間には誰か訪ねて来たね」

金魚はかまをかける。

「金魚ちゃんが『昨夜は』って訊くからさ」

ときが少しむきになって言う。

「あれ？　なんでそんなにとげとげした言い方をするんだい？　昨日の昼間に誰か来たんだろ。きっと薬楽堂の誰かだ」

金魚は三人の表情をじっと見る。目が泳いでいて、金魚の言葉が図星であることを示していた。

薬楽堂の誰か――。無念と長右衛門はあたしと一緒だった。とすれば、残るは短右衛門と清之助と竹吉、松吉。おかみさん三人に口止めできる頭がある奴と考えれば、松吉は除ける。そして、必死に隠そうとしているところを見れば、口止め料をもらっている。ならば、竹吉は省ける——。

「薬楽堂の旦那か番頭が来たね？」

金魚が言うと、『番頭』の言葉で三人の表情が動いた。

金魚は、一気に追いつめるために芝居を打った。

「そうかい！」

金魚は怒鳴る。

三人のおかみさんはびくっと体を震わせて、怯えた目で金魚を見上げた。

「番頭の清之助が来たかい。そして、あたしには内緒にしてくれって頼まれたんだね。きっと金まで貰ったんだろう！　長屋の連中は仲間だと思ってたのに、金であたしを売るかい！」

三人はおろおろと立ち上がる。

「違うんだよ、金魚ちゃん……」

きねが言う。

「なにがどう違うんだい！」

「おたけさん、おときさん、ちゃんと話さなきゃ、あたしらが悪者になっちまうよ。喋っちまおうよ」

「そうだね……。銭は後から返せばいいんだし……」

「やっぱり銭をもらってたんだね！　なんて人たちだ！」

金魚は三人に詰め寄り、駄目押しをする。

「しっ。声が大きいよ。ちゃんと話すから、落ち着いとくれよ」

きねは金魚の腕を取り、たけとときが、金魚の声に驚いて顔を出した長屋の連中に
「なんでもないんだよ」と言って部屋に戻す。

「さぁ、聞かせてもらおうじゃないか」

金魚は怒りを抑え込んだ風を装い、鼻息を荒くして促す。

「薬楽堂の番頭さんも、あんたと同じことを訊いたんだよ。夜に金魚ちゃんを訪ねて来た者はないかって」

きねは言った。

「あたしたちは見ちゃったんだよ」たけが言う。

「金魚ちゃんのところに来る爺さんの幽霊を」

「本当に幽霊だったのかい？」

金魚は訊いた。

「だって、人魂まで飛んでたんだもの」ときは薄気味悪そうに井戸の周りを見回す。

「この辺りをさぁ、ふわりふわりと飛んでたんだよ」

「金魚ちゃんは気づいてなかったのかい？」

きねは金魚の顔を覗き込んだ。

金魚は、あまり突っ込んで質問されないように、まだ怒っているふりをして嘘をつ

いた。

「知らないよ。あたしは眠りが深いんだ」

「そうかい……。でもさぁ、怒らないでおくれよ」きねは金魚の両腕を摑んだままましたてる。

「あたしたちもどうしたもんかと相談していたんだよ。幽霊が出るなんて話したら、あんたが怖がると思ってさ。どうやって知らせたらいいものかと相談しているところに番頭さんが来たんだ。番頭さんは金魚ちゃんの様子がおかしいからって心配して長屋を訪ねて来たんだ。あたしらが事情を話すと番頭さんは、『自分たちでなんとかするから、金魚ちゃんには心配させないように、ことが解決するまで知られたくない』って。それであたしたちに銭をくれたんだ」

「なにも銭が欲しかったわけじゃないよ」たけが慌ててつけ加える。

「だけど、ほれ、長屋の貧乏暮らしはあんたも見ていて知ってるだろう。少しでも銭が入ると、その日の暮らしが助かるんだよ」

「そうかい――」

この辺りで許してやった方が禍根《かこん》を残さないと判断した金魚はにっこりと笑った。

「みんな、あたしのためを思ってくれたんだね」

「そうだよぉ」

三人のおかみさんは、大きく溜息をついて安堵の笑みを浮かべた。

「分かった。すまなかったね、酷いことを言って」金魚は頭を下げた。

「長屋でほかに幽霊を見た人は？」

「いない。あたしら、小便が近くてさ。みんな夜中の同じ頃に目を覚ますんだ」

「で、連れだって総後架《そうこうか》へ行くんだよ」

総後架とは長屋の共同便所のことである。

金魚は無念の言葉を思い出して笑いそうになった。連れ小便は男だけのものではないようだ――。

安心が口の滑りをよくしたようで、

「昨夜も爺さんの幽霊は現れたよ」

とたけが言った。

「そうそう。金魚ちゃんとこの戸口にしばらく立ってたけど――」

ときが眉を曇らせる。

「それにね、昨夜は別の幽霊も出たんだよ」

きねが言った。

「別の幽霊？」

金魚は片眉を上げた。

「ああ。木戸の外で子供の悲鳴が聞こえた。真夜中だよ。子供がうろうろしてる刻限じゃない。あれは子供の幽霊だね」

それはきっと、松吉だ――。と金魚は思った。

清之助からあたしの長屋に出る幽霊のことを聞き、正体を確かめようとしたに違いない。

「それで？」

と金魚が先を促すと、たけが答えた。

「子供の幽霊の声を聞いて、爺さんの幽霊はびっくりしたんだろうね、がたがたと溝《どぶ》の踏み板を鳴らして木戸の外に飛び出して行った」

「幽霊が溝板を鳴らしたかい」

金魚はくすくす笑う。

「ほんとだ」三人は驚いた顔を見合わせる。

「幽霊にも足があるんだ」

金魚は苦笑する。溝板を鳴らしたのは、走っていったのが幽霊じゃなく人だったからじゃないか――。そう思ったが触れずに、

「お三人さん。このことは清之助には黙っておくから、銭は返さなくてもいいよ」

と金魚は言った。

「本当かい！」

「ありがたい！」

「助かるよ！」

三人は金魚に向かって手を合わせた。

「幽霊は今夜も来る。だけど、今夜で終わりさ。あとは現れないよ」

金魚は言った。

「お祓いでもするのかい？」

「まぁ、そんなもんだ。お三人に祟りがあってもなんだから、今夜は〝おまる〟で用を足すことにして、外には出ない方がいいよ」

「うちにはおまるはないよ」

ときが心配そうに言う。

「うちだってそうさ——」きねが眉をひそめる。

「みんなで貸し物屋から借りてこよう」

三人は肯き合った。

洗濯を再開したおかみさんたちから離れて、金魚は板塀に三方を囲まれた広場をぐるりと見回した。

井戸に物干し場。右側の板塀際には芥溜《ごみため》と総後架が並んでいる。そして、正面奥の板塀の向こうには、隣の長屋の井戸の屋根がのぞいていた。

金魚は一つ肯くと、おかみさんたちに「また出かけてくるよ」と声をかけ、長屋を後にした。

七

松吉に店番をさせて、無念、長右衛門、短右衛門、清之助、竹吉は仕事場の座敷に集まり、ああでもないこうでもないと今後の対応を話し合った。

しかし、まったく妙案は浮かばず、そうするうちに、店の方で「帰ったよ」と金魚の声がした。

仕事場の者たちは慌てた。

雁首揃えてなにをしているのかと問われるに決まっている。

全員が腰を浮かせておろおろしているところに、金魚が暖簾をたくし上げて入って来た。

文机についていればいい無念と長右衛門までもが立ち上がって体を凍りつかせた。

「なんだねぇ、雁首揃えてなんの悪巧みだい」金魚は言って縁側まで進み、煙管をすいつけた。

「その面《つら》じゃあ、妙案は出なかったようだね」

一同は立ち尽くしたまま、金魚の背中を見つめた。

無念は唇を噛む。

金魚にすっかりばれてしまったのか？

それともはったりを利かせておいて白状させようという魂胆か？

こっちはどう出ればいい？

しらを切り通すか、全部白状して金魚と共に対策を考えるか――。

金魚に言われたように、妙案はまったく浮かんでいない。それにこれは金魚のもとを訪れ、もしかしたらとり殺そうとしているかもしれない幽霊の話なのである。

金魚と共に最善の策を考えるのが一番なのだ。

だが、金魚に『まいった』と言うのは業腹だった。

こっちは困っている様子の金魚を慮って、色々と思案を巡らせてやっていたのだ。

それなのに人の気も知らねぇで『雁首揃えて悪巧み』だの『その面じゃあ、妙案は出なかったようだ』だのと、悪しざまに言いやがって――。

無念は意固地になって黙り込んだ。

しかし、長右衛門が駆け引きに負けた。

「どこまで知ってる？」

長右衛門は探るような目で金魚を見た。

「おい。大旦那！」

無念は慌てて長右衛門の袖を引っ張った。

「金魚に話さなきゃあ、これ以上の手は考えられねぇだろうが」

長右衛門は無念の手を払う。

金魚が振り返ってにやりと笑った。

「あたしんとこに出る爺ぃの幽霊のことだろう？」

「お前ぇの様子が変だから、おれたちは心配したんだ」

無念は口を尖らせる。暖簾から顔を出した松吉まで含めて、一同は無念の言葉に肯いた。

「松吉は昨夜、あたしの長屋まで様子を見に来たようじゃないか。そして、幽霊を見て悲鳴を上げた」

金魚は、三人のおかみさんたちのために、清之助が長屋に聞き込みに来た話は黙っておいた。

「へへっ……」松吉は頭を掻く。

「あっしだけじゃなく、竹吉も旦那も腰を抜かしそうでござんした」

「なに？」無念は短右衛門を睨む。

「おれは、松吉と竹吉だけで行けって言ったんだぜ」

「いや……。二人だけで行かせるのは、あまりに気の毒だったもので……」

短右衛門は首を竦《すく》めた。

「なんだい。あんたたちは一枚岩じゃないんだねぇ」金魚はからかった。

「それで、幽霊に驚いた後はどうなったんだい？」

「後を追いかけました」竹吉が答えた。

「そしたら新寺町の東泉寺に入って行きました」

「東泉寺――」金魚は眉をひそめる。

「うちの旦那の菩提寺じゃないか」

「はい――。老爺の幽霊は大松屋さんのお墓にすうっと吸い込まれました」

「ふーん」

と言って、金魚は竹吉の顔をじっと見つめた。竹吉はむきになったような目つきで、金魚を見返す。

嘘をつき通そうとしている者の顔つきだと金魚は思った。

同じような顔をしているのは松吉と短右衛門。昨夜、幽霊に出会った後に何かがあったんだ――。

金魚はちらりと無念、長右衛門の顔も見る。

二人は気負った顔をしていない。

金魚は試しに訊いてみた。

「まだ、隠していることがあるね？」

金魚の言葉に、短右衛門、竹吉、松吉が、ちらっと顔を見合わせる。

「隠してることとなんかねぇよ」

無念はむっとした顔で言う。長右衛門と清之助は肯く。

「まぁいいさ。見当はついている」

やっぱり、短右衛門、竹吉、松吉は、無念と長右衛門、清之助にも打ち明けていない話を抱えているね――。

理詰めで追いつめて真相を聞き出そうかとも思ったが、やめておくことにした。

普通、嘘は保身のためにつく。しかし、三人が嘘をつき通そうとしている理由は、それではないと思ったからだ。

三人が事情を隠してあたしを引っぱり出すにはどうしたらいいか考えあぐねているところに、本人が出てきて嘘の一つを暴いた。

短右衛門たちはあたしのこの言葉を待っている――。

「今夜、あたしの長屋へ張り込むよ。幽霊の化けの皮を剥いでやろうじゃないか」

「おう。行ってこい。おれは留守番してるから」

幽霊嫌いの無念が言う。

「あたしを騙くらかそうとして、ただですむと思っているのかい！　無念も一緒に張り込んで、たっぷり怖い思いをしな！」

金魚は啖呵《たんか》を切った。

「うむ……。分かったよ……」

無念は肩をすぼめた。

「清之助」

金魚は啖呵を切った勢いのまま言う。

「はいっ」

清之助はきびきびと答える。

「張り込みの準備に、ちょいと出かけて欲しいんだ」

金魚は清之助を指で招く。そして無念たちを振り返り、

「夕方までには戻る。その間、ちゃんと仕事をしてるんだよ。幽霊の正体を確かめたら、明日の朝までに無念の仕事を終わらせる。いいね」

金魚の言葉に、無念たちは「へい……」と力無く答えた。

金魚は大仰に肯くと暖簾をくぐる。

背後から一同の溜息が聞こえた。

金魚はくすっと笑って店の土間に下り外に出る。

「金魚さん……。あの……」

後ろで遠慮がちな清之助の声がした。

金魚は笑顔でくるりと振り返った。

「あんたが昨日の昼間に長屋へ聞き込みに行った件だろ？」

「それもご存じでしたか……」

「あんたが言い出そうとしなければ、知らんぷりを通すつもりだったけど――。おかみさんたちに聞いたよ。喋っちまったおかみさんたちに腹を立ててるんじゃないよ。あんたたち同様に、あたしのことを思って話してくれたんだから」

「はい。わたしも知らんぷりをすることにします」

「それでさぁ、清之助。旦那と竹吉、松吉の様子がおかしいとは思わないかい」

金魚に言われて清之助ははっとした顔になる。

「はい。そう言われれば、なにか隠しているように思います」

「そいつを確かめるために、ちょっと手伝っちゃもらえないかね」

金魚は清之助の耳元でなにごとか囁いた。

「承知しました。すぐに行って参ります——。戻ってから大旦那たちに『なにを頼まれた』と訊かれたらどうしましょう？」

「そうだねぇ……」金魚は少し考えて財布を取り出した。

「仕出し屋に弁当を頼んできな。夕方までに薬楽堂に届けるようにって」

金魚は小粒を数枚、清之助の掌に載せた。

「なるほど。ご馳走になります」

清之助は数枚の一分金を押しいただいて走り出した。

「さて、あたしは夕方まで、どうやって暇を潰すかねぇ」

なにか目的があって『夕方までに戻る』と言ったわけではなかった。金魚がいれば気まずくて無念の筆も進まないだろうという配慮であった。

金魚が外に出ると、すぐに無念が店を出て来て金魚に追いついた。

「おい、金魚。長右衛門が田中屋の旦那に文を出した」

無念は早口で言った。

「田中屋の旦那――？　ああ、善右衛門の旦那の知り合いだってんで、あたしの素性を訊ねたね」金魚はくすくすと笑う。

「辰巳芸者だって答えだったろ？」

「なんでぇ。大松屋の旦那は嘘をついてたのかい」

「あちこちでね。あたしがそうしてくれって頼んでたのさ。あたしが昼三《ちゅうさん》だったら、大枚はたいて身請けしたって自慢にもなったろうが、附廻《つけまわし》だったからねぇ。辰巳芸者って言った方が善右衛門の旦那も外聞がよかろうと思ってね」

「気を揉んで損したぜ」

無念は安堵の吐息をつく。

金魚はにっこりと笑って、ぽんと無念の肩を叩いた。

「ありがとよ。心配してくれて」

「おう――」

無念は照れたように笑い、小さく手を上げて店に戻って行った。

金魚は嬉しそうな笑みを浮かべ、歩き出した。

夕方、金魚が薬楽堂に戻ると、すでに仕出し屋の弁当が運ばれていて、お重と銘々皿を前に、一同がじっと待っていた。清之助と竹吉、松吉は部屋の隅っこに座っている。

「なんだねぇ。おあずけを食らった犬みたいな顔して。先にやってればよかったのに」

　金魚は笑いながらお重の蓋を開けた。

「犬たぁなんでぇ」

　無念は膨れっ面をしながらも、料理に合掌して皿に卵焼きを取った。

「仕事は進んだんだろうね」

　金魚は鰻の白焼きに塩を振って、ひと箸摘むと握り飯を取る。

「あと少しだよ……」

　無念は大きな卵焼きを一口で頬張った。

「なぁ金魚」長右衛門が握り飯を手にした。

「お前ぇ、長屋で幽霊を見たんだろ？」

「声だけ」

「声を聞いたんなら、なんで正体を確かめなかった？」

「確かめるまでもなかったからだよ」

「声で大松屋だって分かったからかい」

「まぁ、そんなところかね」

「じゃあ、金魚さんは大松屋さんの幽霊が出たって認めるんでございますね？」

松吉が無念と長右衛門の間から手を出して、握り飯を二個取った。

「いいところを突くねぇ」

金魚が握り飯を食べながら言うと、松吉は嬉しそうに「へへっ」と笑った。

「誤魔化すんじゃねぇよ」無念が銚釐《ちろり》から酒を湯飲みに注ぐ。

「お前ぇ、幽霊が怖くって、ここに逃げ込んだんだろうが」

「怖くて逃げ込んだ奴が幽霊の化けの皮を剥がすなんて言うもんか」

金魚は、指の飯粒をついばみながら言う。

「つまり、金魚さんは誰かが幽霊に化けているとお考えで？」

清之助が岩魚《いわな》の甘露煮を口にする。

「まぁ、そういうことかねぇ」

金魚は言葉を濁して、何気ない動きで短右衛門と竹吉、松吉を見る。

三人は焦る様子もなく料理を口に運んでいる。

幽霊は偽物だと分かっても構わないということだね──。

金魚の推当《おしあて》が正しければ、三人はそういう態度をとるはずであった。

幽霊の正体が分かっても構わないということは、幽霊に化けている者が捕まっても構わないということだ──。

金魚はもう一つ確かめようと考えた。

「人騒がせな奴はとっ捕まえて奉行所に引き渡そうかね」

金魚は言った。

短右衛門と竹吉、松吉は慌てて目配せをする。

「なにも事を荒立てることもないと思うがねぇ」

短右衛門が早口に言う。

「そうですとも」竹吉も口を出す。

「幽霊に化けた人にもなにか深い理由《わけ》があるのでございましょう」

「あれ?」と無念が小首を傾げた。

「なんだか話がおかしくなってきてねぇか? 旦那は大松屋の幽霊が墓に吸い込まれるのを見たんだよな。竹吉も、松吉も見たんだよな。だけど、今の口振りは、幽霊が偽物だと分かっているみてぇじゃねぇか」

短右衛門は困ったような顔で口をもごもごと動かしている。

松吉はどうしたらいいか分からなくなっているようで、短右衛門と竹吉を交互に見ている。

竹吉は笑顔を作って、

「確かに幽霊が墓に吸い込まれるところは見ましたが、それにはなにか仕掛けがあるのではないかと思えてまいりました」

と答えた。

短右衛門と松吉が大きく肯く。

竹吉も、短右衛門も松吉も、その深い理由を知っているというわけか――。

その理由を知って、幽霊に化けている奴に加担している。幽霊が墓に吸い込まれたなんていう嘘をついてあたしの気を引き、正体を暴かせようとしている――。

「まぁ、幽霊をとっ捕まえて締め上げれば、なにもかも白状するだろうさ」

金魚は言った。

「なにも締め上げなくても……」

松吉が言いかけたが、竹吉にそっと肘を摑まれて口を閉じた。

八

腹ごしらえをした後、金魚たちは薬楽堂を出て福井町の金魚の長屋へ向かった。

空は濃藍色に染まり、秋の虫の音の中、二つ三つ、蜩《ひぐらし》の声が寂しく聞こえていた。

飯屋や居酒屋には明かりが灯り、仕事帰りの職人たちが賑やかに酒盛りをしている。

既に戸締まりを終えた商家。蔀《しとみ》を下ろす奉公人の姿。

江戸はゆっくりと暮れていく。

柳橋を渡って神田川沿いの道を歩く。川面に跳ねているのは鮠《はや》だろうか、鯔《ぼら》だろうか。

平右衛門町の木戸をくぐって浅草御門の橋の北詰の広場を突っ切って小路に入る。

茅町の辻を右に曲がると福井町であった。

金魚の部屋に潜んで、幽霊が訪ねて来るのを待つという手筈であった。

長屋の木戸の前で竹吉と松吉が立ち止まる。

「わたしたちは木戸の外で見張ります。もし幽霊が逃げ出したら、後を追います」

竹吉が言った。

「逃がすもんか。おれたちがとっ捕まえる」

長右衛門が言う。

「万が一ということもあります」短右衛門が言った。

「二人に木戸を固めてもらいましょう」

「わたしも一緒に」

と清之助が前に出る。

「いえいえ」竹吉が両手を振った。

「わたしたちだけで大丈夫でございます。いざとなれば木戸を閉めて通せんぼしますから」

「そうかい。気をつけてな」

清之助は言ってちらりと金魚を見る。金魚は小さく肯いた。

「ああ、金魚さん――」木戸をくぐる金魚に松吉が声をかけた。

「お部屋で見張るよりも、奥の井戸の辺りに潜んで待ち構えていた方がようございませんか？　幽霊が現れたらこっそり近づいて捕まえられます」

「ほぉ。お前にしてはいいことを言うじゃないか」

金魚が褒めると松吉は「へへっ」と嬉しそうに笑った。竹吉は一瞬困ったような表情を浮かべたが、なにも言わなかった。

「松吉がそう言うんなら、そのとおりにしよう。夜中近くなってからでいいかね？」

「へい。夜中までは幽霊も家でゆっくりしてるでしょうから」

「家じゃなくって墓だろ！」

竹吉は乱暴に言い、松吉を引きずるようにして木戸の外の物陰に歩いた。


金魚は長屋に戻ってから黒っぽい縞の着物に着替えた。無念は闇に紛れるために選んだのだろうと思ったが、近くで見るとやけに高そうな布地で、仕立てもしっかりしたものだった。

「そんないいおべべに着替えたら、汚れるぜ」

井戸端にしゃがみながら無念が言った。

「今夜はこれでいいんだよ」

金魚は素っ気なく答えた。

深更《しんこう》――。
金魚と無念、短右衛門は井戸端に隠れて幽霊が現れるのを待っていた。
長右衛門と清之助は金魚の部屋の中である。
なにか物音がした気がして、金魚は耳を澄ました。
また音がした。衣擦れのような音だ。
その音は後ろ、板塀を隔てた隣の長屋の裏庭から聞こえた。
無念は気づいていない様子で、金魚の部屋の戸口をじっと見つめている。
しかし、短右衛門は明らかにそわそわし始めた。
来るね――。
金魚は周囲を見回した。
その時、青く燃える人魂が、隣の長屋との間の塀を越えて、ふわりと飛んで来た。
「ひゃあっ！」
短右衛門がわざとらしい声を上げて尻餅をついた。
塀を越えてきた人魂は三つ。
ふわふわと塀の際を漂う。
「うわっ！」
無念も声を上げて腰を抜かす。
金魚は、人魂の動きを追う視野の隅に白いものを見て、そちらに顔を向けた。

白い人影が木戸から入って来る。

短右衛門と無念の悲鳴に、我慢ができなくなったのだろう、金魚の部屋の腰高障子ががらりと開いて、長右衛門と清之助が飛び出して来た。

白い人影は驚いたように立ち止まった。

「捕まえたー」

のんびりした若い男の声。

「あっ。又蔵《またぞう》！」

長右衛門の声が聞こえた。

又蔵は、長右衛門が読売屋をさせている貫兵衛のところで働く彫り師である。以前は貫兵衛の配下の御庭之者であった。どうやら又蔵が白い人影を後ろから捕らえたようである。

塀の向こうから三つの悲鳴が上がった。子供二人。もう一つは老女の声である。

人魂が跳ね上がり、塀の向こう側に消えた。

「こっちも捕まえたぞ」

貫兵衛の声であった。

「放してください。貫兵衛さん！」松吉の声である。

「逃げやしませんから！」

それを聞いて、短右衛門が渋い顔をして立ち上がった。

無念は地面にへたり込んだまま、短右衛門の顔を見、金魚の顔を見た。

「一体《いって》ぇ、なにがどうなってるんだい……」

「幽霊と人魂がとっ捕まえられたんだよ」

金魚は無念の手を引っ張って助け起こす。

無念は立ち上がるがまだ足腰に力が入らないようで、ふらふらとしていた。

「さて、あたしの部屋で謎解きといこうかねぇ」

金魚は無念の背を叩くと歩き出す。

無念はよろけながら、短右衛門は神妙な顔で、その後を追った。


金魚の部屋には白装束の老人と、長右衛門、清之助、又蔵が座って待っていた。又蔵は風呂敷包みを袈裟《けさ》懸けに背負っている。

「徳兵衛《とくべえ》。久しぶりだねぇ」

金魚は白装束の老人を見ながら微笑んだ。

老人はぷいっとそっぽを向いた。

「なんでぇ。知り合いだったのかい？」

長右衛門が驚いた顔をする。

「あたしと善右衛門の旦那が暮らしていた家で、身の周りの世話をしてくれていたのさ。おっつけ女房のきくも来るだろうよ」

金魚は徳兵衛と向き合って座った。

長右衛門と清之助、又蔵、そして短右衛門と無念は奥の座敷に下がった。短右衛門は徳兵衛の側を通る時、

「本当にこれでよかったのかい？」

と聞いた。

「上々でございます。お世話さまでございました」

徳兵衛はそう答えると頭を下げた。

腰高障子が開いて黒っぽい着物を着た老女を連れて、貫兵衛が入ってきた。その後ろから顔を強張らせた竹吉と松吉が続く。

老女——きくは、徳兵衛に並んで座り、貫兵衛と二人の小僧は奥の座敷へ座る。

「金魚さん」松吉がおずおずと訊く。

「なんで貫兵衛さんや又蔵さんがいるんでございます？」

「お前と竹吉、それから旦那の悪巧みを見抜いていたからさ。あたしたちが見張っている外側をさらに見張ってもらったんだよ」

「あっ。清之助さんに頼んだのはそのことでございますか」

竹吉が悔しそうに言う。

「そうだよ」

清之助はにこにこ顔を竹吉に向けた。

「おかみさんたちが見た人魂は井戸の近くを漂っていた。とすれば、竹竿に針金で吊した綿に焼酎を染み込ませて火をつけて、隣の長屋の裏庭から操ったんだろうとふんだ。あたしんとこの戸口に立ったのは徳兵衛だろうから、人魂を操ったのはきく——。そして、お前たちが木戸の外を見張ると言い出した時、きっと隣の長屋に回り込んでいっしょに人魂を操るつもりだろうと思った」

金魚が言うと、徳兵衛は怒ったような顔を上げた。

「最初からわたしたちの仕業だと分かっていたんで？」

「たぶんそうだろうとは思ってた」

「それじゃあ、なんでこんなことをしたのかも？」

きくが悲しそうな顔で言う。

「あたしが善右衛門旦那の墓参りをしないからだろう？」

「それが分かってるなら、お世話になった旦那さまに花の一本も手向《たむ》けに行きゃあいいじゃございませんか！」

徳兵衛は吐き捨てるように言った。

「あたしが墓参りに行ってないってのは、寺の坊主に聞いたかい」

金魚は優しく言った。

その口調に徳兵衛の気持ちが少し落ち着いたようで、

「和尚さんにそれとなく訊きました」と言った言葉からは勢いが失せていた。

「婀娜《あだ》っぽい姐さんが一人で墓参りに来なかったかって……」

「なるほどねぇ。それであたしを脅かして墓参りをさせようって思ったかい」

「最初は脅かしておたえさまを墓参りに行く気にさせようと思った。だけどおたえさまは、三日通っても墓参りに行く気配もなく、薬楽堂へ逃げちまった……。おたえさま、なぜ旦那さまの墓参りに行ってくださらないんですか！」

徳兵衛の目から涙が溢れる。

金魚は手拭いを出し、徳兵衛に歩み寄ってその涙を拭おうとした。

徳兵衛は顔を逸らしてそれを拒む。

金魚は微笑み、膝の上できつく握った徳兵衛の手の甲に手拭いをそっと置いて元の場所へ戻った。

「最初、それがどうしても分からなかったんだよ。あたしに墓参りをさせるのが理由だってのがさぁ。相手が浅知恵なんだって考えりゃあ、すぐに謎は解けたんだがね」

「浅知恵たぁ酷ぇ言い方でございます」

徳兵衛は、むっとした顔になり、手拭いを取って乱暴に顔を拭う。そして真っ赤になった目を金魚に向けて恨めしそうに言う。

「おたえさまは、幽霊なんかちゃんちゃらおかしいって仰ってた。神も仏も信じちゃいないお方だ。死んじまったらそれで終わり。ただの骨になって土の中に埋まるだけ

――。そうお考えになって、墓参りも行かないんでございましょう」

「だけど――」きくが、涙を浮かべた目で金魚を睨む。

「それじゃあ、おたえさまを大切に思ってた旦那さまがあまりにも可哀想でございます！　旦那さまが化けて出たら、おたえさまも改心して、お墓参りに行ってくださるのではないかと……」

きくはむせび泣き、最後まで言葉を続けられなかった。

徳兵衛が手拭いをきくに渡す。

きくはそれを受け取って顔を覆った。

「それが浅知恵だって言ってるんだよ」

金魚は溜息をついて首を振った。

「ばれたって構わなかったんだ……」

徳兵衛は再び涙をこぼした。鼻水を啜る音に気づいて、きくが手拭いを渡した。

「わたしたちがこんなばかなことをするほどに腹を立てていることがおたえさまに伝わればそれでよかったんだよ……。薬楽堂の旦那と小僧さん二人に見つかって、理由を話した。そしたら手助けしてくれると言ってくださった。お三方は、本当に心のある方々だ。ばれてもいい覚悟で最後の仕掛けをして、直接おたえさまに訴える機会にすりゃあいいって仰ってくださった……。おたえさまは、そんな心優しいこの方々まで、浅知恵に手を借したって笑うんでございますか！」

徳兵衛の言葉に、きくが声を上げて泣き出した。徳兵衛が涙でぐしゃぐしゃになった手拭いをきくに渡そうとする。短右衛門が見かねて自分の手拭いをきくに差し出した。

金魚は短右衛門に小さく頭を下げる。

「違うちがう。違うよ、徳兵衛。幽霊の仕掛けを浅知恵って言ったんじゃない」

「じゃあ、なにが浅知恵だって仰るんです」

「お前は寺の坊主に『婀娜っぽい姐さんが一人で墓参りに来なかったか』って訊いた。で、坊主は『来なかった』って答えたんだろ？」

「それが？」

「ってことは、婀娜っぽい姐さんが一人で墓参りに来れば、坊主は覚えているってことだろう。そういうことにならないように、あたしは墓参りに行ってないんだよ。婀娜っぽい姐さんが墓参りしてたって、旦那の奥さまに聞こえたら、あたしが墓参りしているって知られることになる。そうなりゃあ、奥さまも面白くないだろうが」

「あっ……」

徳兵衛ときくは涙に濡れた顔に驚きの色を浮かべた。

金魚は帯から腰差しの金唐革の煙草入れを取る。金唐革とは、革に文様をつけて、金泥、絵具で彩色したものである。南蛮渡来の材料だから高価な品物で、大松屋善右衛門から贈られたものであった。着ている黒っぽい着物も善右衛門からの贈り物――。

徳兵衛ときくに会うのだからと思って、かつて囲われていた頃のもので身を固めたのだが、残念ながら二人は気づいてくれない。

金魚は細身の女持《めも》ち煙管を出して煙草を詰め、煙草盆を引き寄せ、吸いつける。

「だから墓参りには行かなかったんだよ」

金魚は長い溜息のように煙を吐いた。

「そのくらいちょっと考えれば分かることとさ。そんなことも考えつかない奴なんていない――。その前提で推当てたもんだからちょぃと遠回りになったのさ」

言葉を切った金魚の目にもうっすらと涙が浮かんでいる。

「神も仏も幽霊も信じてなくったって、善右衛門の旦那の墓は愛しい人の骨が埋まっている場所だ。そりゃあ花を手向けに行きたいさ。墓参りに行きたくても行けないってことをなんで察してもらえないかねぇ」

金魚の言葉の最後が、小さく震えた。

徳兵衛ときくは唇を噛んだ。

自分たちが大きな失敗をしてしまったことに気づいたのだった。

「申しわけございませんでした！」

徳兵衛は平伏した。きくも畳に額を擦りつける。

「もういいんだよ。頭を上げておくれ」金魚は言って左手で目の下を拭う。

「この件で、徳兵衛もきくも、あたしに負けず劣らず善右衛門の旦那のことを思っていてくれたってことが分かった。お前たちも、あたしが自分たちに負けず劣らず、旦那のことを思っていることが分かったろう」

金魚はにっこりと笑う。

「へい……」

「はい……」

徳兵衛ときくは顔を上げた。

「もうすぐ盂蘭盆《うらぼん》だ。なんとか知恵を絞ってお墓参りに行くよ。あんたたちもあたしの長屋を覚えたんだ。ちょくちょく遊びに来ておくれ」

「ありがとうございます！」

徳兵衛ときくは、手拭いに顔を埋めて、おいおいと泣く。

「ああ、ところで二人は今はなにをして食ってるんだい？」

「通いで大松屋さんの下男、下女のお仕事を」

徳兵衛が手拭いに顔を埋めたままくぐもった声で答えた。

「そうかい。それじゃあ遊びに来るついでに奥さまが墓参りに行く日を教えておくれよ。その日をはずして、なんとか寺に行って来るから」

「承知いたしました」徳兵衛が手拭いから顔を上げ、鼻水を啜り上げた。

「それ以外にもわたしらでお手伝いできることがあれば、なんなりと仰ってくださいまし」

「うん。そうする。それじゃあ今夜はもう帰んな」

金魚は貫兵衛と又蔵に目配せする。

「夜道は物騒だ。おれと又蔵が送り届けよう」

貫兵衛が言った。

「その前に、徳兵衛さんは着替えだな。夜道にその白装束じゃ目立っていけねぇ」

又蔵は風呂敷包みを降ろして開いた。その中にはもう一つの風呂敷包みが入っていた。

「あっ、それは――」

「そこの小路でそれに着替えて、脱いだ着物を隠してただろう。野良犬に小便でもかけられたら大変だと思って持って来たんだよ」

「ありがとうございます……」

徳兵衛は礼を言って着替えると、白装束を風呂敷に包んで袈裟に背負った。

そして、きくと共に貫兵衛、又蔵に付き添われて帰っていった。

部屋に残った無念と長右衛門、短右衛門、清之助と竹吉、松吉は、腰高障子が閉まると長い溜息をついた。

金魚は渋い顔をしている無念の顔をちらりと見た。

「推当が大外れで無念だったね」

金魚はくすっと笑う。

「なんでぇ。自分の下らねぇ洒落で笑いやがって」

　無念は膨れっ面をした。

「でもさ――。やっぱり墓参りには行きたいね。幽霊なんかいやしないが、墓の下にはあの人の骨が眠っているんだから」

　無念は『あの人』という言葉に表情を動かしたが、金魚は気づかない。

「ねぇ、無念。あたしが墓参りに行く時にはつき合っちゃくれないかい？」

「なんでおれが、お前ぇのいい人の墓に一緒に参らなきゃならねぇんだ」

　無念は口を尖らせた。

「話を聞いてたろう。女が一人で墓参りに行けば、坊主に訳ありだと思われる。だけど、お前と一緒なら、夫婦《めおと》に見えて、疑われることもあるまいさ」

「そうかい……。夫婦に見えるかい」

　無理やり笑みを押し隠すので、無念の口元はぴくぴくと動いた。

「それなら、わたしもおつき合いいたしましょうか」

　と、竹吉が身を乗り出した。

「なんで、お前ぇなんかを連れて行かなきゃならねぇんだ」

　無念が言った。

「子供連れなら、よりいっそう疑われないってもんで」

　そこでやっと竹吉の意図に気づいた松吉が膝で前に出る。

「あっ。わたしも。それで、墓参りの帰りには茶店で団子なんかを食べて――」

「それよりまず――」金魚は勢いよく立ち上がる。

「無念は草稿を終わらせて、大旦那は校合を終わらせて、あたしは清書を終わらせなきゃならないよ」

「えっ？　今からか？」

無念と長右衛門は驚いた顔で金魚を見上げる。

「当たり前だろ。こんな狭い所にみんなで泊まるわけにゃいかないだろう。薬楽堂に帰るんだから、当然、仕事の続きをしなきゃ。さぁ、出た出た」

金魚は奥の座敷に座っていた者たちを追い出すと、行灯《あんどん》を消して外に出た。

満天の星の下、金魚は足取りも軽く歩き出す。男たちは疲れ切った様子でその後をのろのろとついて行くのだった。

聞き書き薬楽堂《やくらくどう》波奈志《ばなし》

藪入り

一

竹吉《たけきち》と松吉《まつきち》は二人並んで、にこやかに薬楽堂《やくらくどう》の暖簾をくぐり、外に出た。

菅笠に尻端《しりは》折《しょ》りした真新しい着物。手甲《てっこう》、脚半《きゃはん》も下ろしたてで、腰には草鞋《わらじ》を三つぶら下げている。背負った風呂敷には、土産の菓子が包まれていた。

二人に続いて金魚《きんとと》と無念《むねん》、短右衛門《たんえもん》、長右衛門《ちょうえもん》、下女のみねとはまが外に出て、店の前に並ぶ。番頭の清之助《せいのすけ》は客の相手をしながら、外を気にしていた。

「清之助は手が離せねぇようだから、もう行っちまえ」

長右衛門が追い払うように手を振る。

「それじゃあ、行って参ります。明日の夕方までには帰って参ります」

竹吉はにこにこ顔で頭を下げた。松吉もそれに倣う。

「おう。気をつけて行ってきな。父ちゃん、母ちゃんによろしくな」

無念が小さく手を振った。

竹吉と松吉は、何度も振り返りながら両国広小路の方へ歩いた。

七月十五日。藪入《やぶい》りである。薬楽堂での盆の行事を終えた竹吉と松吉は、これから帰郷の道を辿るのであった。

この時代の奉公人は、年に二度、一月十六日と七月十六日前後に休みがもらえる。

それを藪入りという。盆と正月の一日、奉公人は実家で過ごすことを許されているのであった。もっとも、実家が遠い者は帰郷することはできない。商家に与えられた部屋や、長屋でのんびりと藪入りの日を過ごすのであった。

竹吉の家は下谷龍泉寺町。松吉の家は浅草橋場町。共に薬楽堂から二里（約八キロ）余りの所にあった。途中までは方向が同じである。だから浅草山谷町の辻までは二人一緒に歩いた。

竹吉と松吉は両国広小路を進む。藪入りで奉公人が休みになるからであろう、店仕舞いしている所が多かった。芝居小屋、見世物小屋の周りもいつもの賑わいはない気がした。竹吉は明るい声で松吉に話しかける。しかし、松吉は浮かない顔で生返事をするばかりである。

竹吉と松吉は同じ年に薬楽堂に奉公することになった。四年前である。竹吉は二月の寒い日に。松吉は三月に入ってから。

だから、初めて一緒に藪入りを迎えたのはその年の盂蘭盆《うらぼん》であった。

藪入りが近づくにつれて、松吉の様子がおかしくなっていった。ふさぎ込むことが多くなったのである。どうしたのかと訊ねても教えてくれなかった。

明日は藪入りという日。松吉は風邪を引いたから家には帰れないと言い出した。

しかし、朝飯はいつものようにむしゃむしゃと食っていたし、熱もなかったものだから、長右衛門から、

『藪入りはただの休みじゃねぇ。奉公先ではちゃんと面倒をみてもらってますってことを、新しい着物や土産物で親に知らせるって意味があるんだ。つまりは、お前ぇは薬楽堂のお使いいって仕事も任されてるんだぜ。下らねぇこと言ってないで行ってこい！』

と叱られた。

薬楽堂の人々に見送られて、二人は帰郷の短い旅に出た。

店が見えなくなったところで、竹吉は松吉に言った。

『松吉。言いたくないことは誰にでもある。だけど隠しておきたいなら顔に出さず、態度に出さず、誰にも気づかれないようにしな。嘘はしっかり練ってきっちりつき通せ。お前ぇを心配してくれる人に、心配をかけるな』

松吉は『分かった』と答えた。そして、二人が別々の道に分かれる浅草山谷町の辻まで、少しぎこちない笑みを浮かべながら、竹吉の話に相づちを打った。

翌日、二人は山谷町の辻で待ち合わせて薬楽堂に戻った。松吉はずいぶん頑張って実家での楽しかったことを話したが、竹吉にはほとんどが嘘と分かった。

『その話、薬楽堂ではしない方がいいぜ。こっちからは言わねぇで、訊かれたら短く答える。長々と話すと嘘の綻びが出てくるもんなんだ』

竹吉はそう助言した。

松吉はそれに従い、薬楽堂では余計なことは言わなかった。長右衛門は、

『ほれ。行ってみりゃあ楽しかったろうが』

と満足げな顔をしていた。

以来、松吉は藪入りの前後、楽しげな様子を演じた。

しかし、竹吉と二人きりになると気が緩むらしく、店の前では元気がいいが、離れるにつれてだんだん口数が減っていくのだった。

家に帰りたくない理由を松吉は話してくれなかった。だが、竹吉はそれを水臭いとは思わない。

もし、相談したいことがあれば松吉から言ってくるはずだ。四年も一緒にいて話してくれないのは、どうしても話したくないことなんだ。そう考えていたのである。

おれにだって、話したくないことはある――。

家に帰りたくないのは、松吉、お前だけじゃないんだ――。

柳橋で神田川を渡り、浅草御蔵前の土手を右に見て、幾つも木戸の続く道を真っ直ぐ歩けば、正面に浅草寺の雷門が見えてくる。駒形町の辻で立ち止まり、二人はいつものように遠くから浅草寺に手を合わせてから、右側の小路に入った。

花川戸町を過ぎて、斜め前の小路に入って浅草聖天町をしばらく進み、山谷堀に架かる山谷橋のたもとに出た。

ここまで来れば、二人で歩くのもあと少し。竹吉と松吉の足取りは重くなっていく。

二人はゆっくりと橋を渡って浅草新鳥越町に入った。左右は町屋が続いているが、裏側には寺院が建ち並んでいる。微かに香のいいにおいが漂ってきた。そこからおよそ十町(約一・一キロ)。二人はのろのろと歩いて、浅草山谷町の辻に着いた。

「それじゃあ明日《あした》。朝、六ッ半(午前七時頃)にここで」

竹吉はさりげなく言うと、左の道を進んだ。本当は、もっと近い道もあるのだが、竹吉はわざと遠回りをするのだった。

「明日、朝、六ッ半!」

後ろから松吉の声が聞こえた。

竹吉は振り返らずに手を上げた。

真っ直ぐ進めば浅草元吉町を通って橋を渡り、吉原の真ん前に出る道である。竹吉は元吉町を出たら右に曲がって田圃《たんぼ》の中の道を進み、さらに遠回りをして下谷龍泉寺町の方角を目指す。独りぼっちで覚悟を決める道程であった。

二

独りぼっちで覚悟を決める道程を歩くのは、松吉も同様だった。しかし、竹吉も同じ思いなのだとは考えもしない。

松吉の頭は、これからの自分のことだけでいっぱいであった。

右に寺を見ながら、二つの曲がり角を過ぎ、松吉は田圃の中の道を進んだ。松吉の胸の辺りまで伸びた稲はたわわな穂をつけて頭を垂れている。秋の虫の音がそこここから聞こえ、松吉を心細くさせた。

田の向こうには浅草橋場町の家並みが見えている。松吉の家は町のずっと手前。田圃の中にぽつんと建つ百姓家であった。周囲に点在する百姓家の中でも一番小さい。本百姓ではなく、小作人の家である。

松吉はとぼとぼと道を進む。左手に墓地が見えてきた。松吉はそちらに足を進めた。

一抱えほどの自然石を立てただけの墓や、四角い柱の墓標が建っている。墓標の中には風雨に晒されて灰色になったものもあったし、新仏らしい真新しいものもあった。

松吉は墓地のはずれの、小さな自然石の墓の前にしゃがんだ。墓前に差した竹筒の仏花はしおれていた。

「爺ちゃん、婆ちゃん。ご無沙汰しました」松吉は合掌しながら言う。

「菓子の一つなり供えたいのはやまやまだけど、家に持って行かなきゃならないんで、ごめんな」

松吉の顔がくしゃくしゃっと歪んで、目から大粒の涙がこぼれた。

祖母は早くに亡くなったので、その顔は覚えていなかったが、祖父は松吉が薬楽堂へ奉公に出る二年前に死んだ。

死の床で、祖父は松吉の手を握り、

『お前ぇのことが心配で心配で、死んでも死にきれねぇ……』

と、さめざめと泣いた。

その時はなんのことを言っているのか分からなかったが、祖父の葬儀を終えた直後、その言葉の意味を理解した。今までのびのびと育ってこられたのは祖父のお陰だったのだと身をもって知ったのだった――。

松吉は腰に提げた手拭いで涙を拭き、洟《はな》をかんで、勢いをつけて立ち上がった。

そして表情を引き締めて墓地を後にした。

少し進むと、松吉の家が任されている田圃が見えてきた。

松吉の心の臓がどきりと鳴った。

二人の兄の姿が見えたからである。畦道に植えた枝豆の収穫をしているようだった。

どうしよう――。

そう思った時、長兄が体を起こし、腰をとんとんと叩いた。視野に入ったのであろう、松吉の方を向いた。

菅笠の下の、日に焼けた精悍な顔ににやりと笑みが浮かぶ。

「おう。捨蔵《すてぞう》。そうか、もう藪入りかい」

捨蔵は、松吉の本名である。

長兄は名を太郎兵衛《たろべえ》といった。

次兄も体を起こす。名は次郎兵衛《じろべえ》である。

次郎兵衛は、にきび面を松吉に向けて舌打ちする。

「正月に、もう帰《け》ぇって来なくていいって言ったろう。お前ぇに飯を食わせると、おれたちの食い分が減るんだよ」

「まぁいいじゃねぇか。珍しい菓子を土産に持ってくるんだからよ」

「菓子なんか腹の足しにゃあならねぇよ。どうせ持たせるんなら、酒にすりゃあいいんだ。気の利かねぇ奉公先を選んだもんだ」

太郎兵衛に次郎兵衛に捨蔵――。松吉が三郎兵衛《さぶろべえ》と名付けられなかったのは、川へ捨てるつもりの子であったからだと父親から教えられた。

松吉は、生まれた瞬間から邪魔者だったのである。捨てられずにすんだのは祖父が頑として認めなかったからだという。

物覚えが悪く、動きが鈍重であったから二人の兄からはよく虐められはしたが、祖父が叱ってくれたので、幼い頃の辛い記憶は少ない。

祖父が死んだのは松吉が六歳になった年の春。以後、辛い日々が続いた。

家が狭いということで、松吉は納屋で寝ることになった。松吉は家族と一緒にいられない意味が分からず、何度も母屋に戻ろうとしたが、そのたびに兄たちに放り出された。父も母も助けてくれなかった。むしろ兄たちと一緒になって松吉を疎み、邪険に扱った。松吉は泣きながら納屋で寝た。飯は台所から自分で納屋に運んだ。飯もおかずも、兄たちのものよりも少なく、時に腐りかけたにおいがすることもあった。

だが、母は時々、こっそりと納屋に握り飯を持って来てくれることがあった。

父や兄の手前、一緒になって松吉を虐めるしかない――。母はそんな意味のことを言って泣いた。慰めて欲しいのは自分の方だったけれど、松吉は母を慰めた。

父や兄たちと一緒になっておれを虐めないと、母もまた虐められる――。

そういうことなのだと松吉は思った。保身のために他者を責めることは許されるのか？　そういう思いにまで至らない松吉であった。

ただただ母が哀れだった。

ごくたまにある母の心遣い以外は、まるで奴婢《ぬひ》のような暮らしであった。そうなってみると、松吉には周りの様子が見えるようになって、同じ扱いを受けている子供たちが結構多いのだと気づいた。日中、町に出て物乞いをさせられる者もいた。

物乞いをさせられないだけまし――。

そう自分を慰めて暮らした。

そんな生活が二年続いて、八歳の春に薬楽堂への奉公が決まった。どんな経緯であったのかは分からないが、酷い暮らしから逃げられると松吉は喜んだ。

だから松吉は藪入りが嫌いだった。

薬楽堂での暮らしは極楽のようであったが、実家で過ごす一日は地獄だった。盆は、地獄の釜の蓋が開いて、亡者も家に帰るっていうけれど、おれは独り、地獄の中に戻るんだ――。

松吉は二人の兄になにも言い返せず、ただ曖昧な笑みを浮かべるばかりだった。

「なんでぇ。ばかみてぇな薄ら笑いを浮かべやがってよ」

次郎兵衛が顔をしかめた。

「しかたがねぇさ。ばかだもの」

「違いねぇ」

二人はげらげらと笑って枝豆の収穫を続けた。

松吉は兄たちの歓迎が終わったと知ると、またとぼとぼと家路を辿った。

松吉は、親兄弟が自分を虐める原因を朧気ながら理解していた。

いつだったか金魚が『人を虐める奴は、えてして誰かに虐められてるもんさ』と言った。それで松吉はぴんときた。

家の者たちは、本百姓や名主の一族に頭が上がらない。いつもぺこぺこし、言いがかりをつけられ、時に理不尽に殴られても、へらへらと笑っている。石を投げられて瘤を作っても、相手が本百姓の子なら『危のうございますよ』と作り笑いをする。

自分と同じ――。

虐められている家族は松吉を虐める。

だったら自分は誰を虐めればいいのだろう――。

相手が誰であっても、たとえ犬猫であっても、自分と同じ目に遭わせるのは嫌だった。だから松吉は耐えた。

金魚は、『だけど、人を虐めることや、人が虐められるのを見て楽しむのが根っから好きな奴もいるがね』とも言った。だが、松吉にはそんな人間がいるということが理解できなかった。だから、父母や兄たちは、好きで自分を虐めているのではないと思った。そう思えばこそ、地獄の一日も耐えられるのだった。

悶々としながら歩いていると、いつの間にか家の前に立っていた。

父、茂助《もすけ》が縁側で寝転がっているのが見えた。茂助の姿を目にしてしまったことで、松吉の足は動かなくなった。視野の隅に動くものがあり、松吉はそちらに顔を向けた。出入り口から桶を手に出て来た母のしげと目が合った。

母の口が開きかけた時、茂助の声が響いた。

「帰ぇって来たんなら、突っ立ってねぇで挨拶をしろい！」

跳び上がって縁側の茂助を見ると、あぐらをかいて不機嫌そうな顔で松吉を睨んでいた。しげがそそくさと井戸端に走るのが目の端に見えた。

茂助に怒鳴られたことで呪縛は消えて、松吉は作り笑いを顔にへばりつかせ、縁側に歩み寄った。

「お父っつぁん、ただいま帰りました」背中の風呂敷包みを降ろして差し出す。

「これ、薬楽堂の旦那からのお土産です」

茂助は片手でそれを受け取ると、肩越しにぽいと座敷に放り投げた。菓子は飛び散らなかったものの、木箱が割れる音がした。

松吉は悲しそうな顔で板敷に転がった風呂敷包みを見た。

「墓参りは？」

茂助は乱暴に訊く。

「来る途中に拝んできました」

「だったら納屋で転がってろ。明日、明るくなったらすぐ帰ぇれよ。もう戻って来なくていいからな」

茂助はそう言うと、松吉に背中を向けて寝転がった。

もう戻って来なくていい――。

一瞬、言葉の意味が分からなかった。じんわりと胸苦しさが広がる。

父にまでそう言われたのは初めてであった。

なにより〝戻って〟という言葉が、匕首《あいくち》を捻《ね》じ込まれるような痛みを生んだ。

自分はもう、この家の者ではなかったのだと松吉は思った。この家の者なら〝帰って〟という言葉を使うはずだから。兄たちは『帰って来るな』と言ってくれた――。

松吉は返事もできず、納屋に走った。

納屋は八畳ほどの広さだった。一番奥には、屋根の補修に使う茅の束が立てられている。その手前に稲藁が積まれ、壁には鍬《くわ》や鋤《すき》、鎌《かま》などが釘にぶら下げられている。床も脱穀に使う千歯扱《せんばこき》、笊《ざる》や箕《み》などが乱雑に置かれている。

馴染みの光景。辛い思い出しかない場所であったが、母屋には自分の居場所はない。

松吉は床の農具を脇に寄せて藁を敷き、寝床を作って横になった。細い梁《はり》と屋根裏の茅束が薄暗がりの中に見えた。埃っぽい藁のにおいが、松吉の脳裏に辛かった日々を蘇らせた。

そういえば、祖父を恨みながら寝たことがあった。おれが可愛いなら、なんで化けて出て、お父っつぁんやおっ母さん、兄ちゃんたちを諭してくれねぇんだ、と。何度祈り、懇願しても、祖父の幽霊が現れることはなかった。

幽霊はこっちの都合では現れてくれない——。

松吉はそれを学んだ。

目に涙が膨れあがって、こめかみの方に流れる。

胸の中がどんどん重くなって、松吉は唸り、横を向いた。藁のにおいが強くなった。

なにか楽しいことを考えよう——。

そう思って松吉は薬楽堂での日々を思い出そうとした。

しかし——。

薬楽堂は遥か異国にあるように思え、思い出は遠い遠い昔、この納屋で暮らしていた頃よりもさらに昔のことのように思えてくるのだった。

だったら——。

松吉は、辛い思い出の中から、少しでも幸せだった瞬間を摘み上げようと考えた。

なにがあったろう。なにがあったろう——。

記憶の奥を探っているうちに、松吉は眠りに落ちていった。

誰かに体を揺すられて、目覚めた。開け放たれた戸の向こうの、濃藍色の四角い空を背景に、黒い人影が目の前にあった。

「わっ」

松吉は上体を起こし、尻で後ずさる。

「捨蔵。おっ母さんだよ」

押し殺したような声だった。

「ああ……。そうだった。家にいたんだ」

松吉は大きく息を吐き出した。

「夕餉《ゆうげ》を持ってきたよ」

戸口から差す微かな明かりの中に松吉がずっと使っていた箱膳が置かれた。

縁の欠けた木の椀に盛られた飯と菜っ葉の味噌汁。鮠《はや》の塩焼き。大根の漬け物――。

飯は薬楽堂で出される白米ではなく、薄茶色の玄米である。

「おかわりはないんだ。すまないね。食べ終わったら、そのまま置いてくれれば、明日洗うから」

しげはそれだけ言うと納屋を出る。

「おっ母さん――」

松吉は声をかけたが、「お父っつぁんに叱られるから」と、しげは急いで母屋へ戻った。

積もる話があるのに、それを口に出せた藪入りは一度もなかった。

松吉は味噌汁を啜り、飯を掻き込む。味噌は熟成が進み過ぎて古臭い味がしたし、冷めかけた玄米飯は粘りが少なく箸の間からぽろぽろとこぼれた。

鮎の塩焼きは生臭かった。薬楽堂では、鮎は臭みのある魚だから塩焼きにはしない。たいてい甘露煮である。また多い小骨も丁寧に取り除いている。

松吉は舌で小骨を選り分け、唇から滑り出させたそれを指で摘んで皿の上に置く。

漬け物は発酵が進んで酸っぱくなっていた。

かつてはこれが当たり前で、美味い、ありがたい、と思って食べたものだったが、薬楽堂での飯に慣れた舌にはとてつもなく不味《まず》いものに感じられた。

松吉は自分が堕落してしまったと感じ、顔を歪めて首を振った。

全てを平らげ、松吉は合掌して頭を下げた。

食器を箱膳に詰めて、そっと納屋を出る。

母屋の方に目をやると出入り口の腰高障子に明かりが揺れている。板敷の囲炉裏《いろり》の火がまだ入っているのだ。蝋燭《ろうそく》はもちろん、燈明用の魚油でさえ買う余裕はないから、夜の明かりは囲炉裏の火を頼る。それさえも薪がもったいないから、日暮れからしばらくすれば灰をかけて消し、全員が就寝するのである。小作の百姓はみな似たようなものだ。周囲を見回しても明かりが見えるのは裕福な本百姓の家だけである。

松吉は井戸端にしゃがみ込んで、音がしないように水を汲み、食器を洗った。腰の手拭いで綺麗に拭き、箱膳に載せて納屋に戻る。

松吉はまた藁の中に横たわった。

竹吉はどうしているかなぁ――。

松吉はふと思った。

家族と楽しく過ごしているんだろうなぁ――。

明日は夜明け前にはここを出なきゃならない。もう寝なきゃ――。

松吉は目を閉じたが、一つのことが気になって、なかなか寝つくことができなかった。

「ああ……。正月の藪入りは、どうしよう……」

三

松吉と別れて田圃の中を進み、大回りをして下谷龍泉寺町に着いた竹吉は、かつて、実家だった家が見える路地にしゃがみ込み、溜息をついた。

二階建ての表店《おもてだな》が建ち並ぶ界隈である。竹吉の家はそこで万屋《よろずや》を営んでいた。様々な雑貨を商う小さな店である。父母と兄と妹。五人家族である。竹吉の本名は勘次郎《かんじろう》といった。店の跡継ぎは兄なので、竹吉は薬楽堂に奉公に出ることになった。

初めての盆の藪入りで帰った時、すでに家は人手に渡っていて、見知らぬ夫婦が小間物屋を開いていた。

慌てた竹吉は隣の店に飛び込んで事情を訊いた。

竹吉が奉公に出た頃、もう商いは傾きかけていたらしい。竹吉が奉公に出て三月ほど経った頃、一家は姿を消した。夜逃げである。借金で首が回らなくなっていたことを、隣人は押し掛けた借金取りから聞いたのだと言った。

すぐ近くにいるのだからと父母が言うので、手紙のやりとりはしていなかった。もししていたなら、手紙が来なくなったことで気づけたはずだった。

もしかすると、それを考えて、父母は手紙はいらないと言ったのかもしれない。

家族の行方を訊ねたが、隣人は知らないと答えた。

家族の行方を知っていそうな知人を訪ね歩いたが、誰もが気の毒そうな顔で首を振るばかりだった。恐る恐る番所に顔を出し、ここ半年で親子心中はなかったろうかと訊いた。詰めていた役人が留書帖《とめがきちょう》を調べてくれたが、竹吉の家族らしい心中者は出ていないと答えた。まだ生きているようだということには安心しながらも、竹吉は途方に暮れた。薬楽堂に寄って一言話してくれていればとも思ったが、家族たちからすれば、そんなことはできるはずもない。

竹吉——勘次郎は奉公をしている。一方自分たちは、稼ぐ当てもなく逃避行に出る身だ。勘次郎に告げに寄れば『自分も一緒に行く』と言われかねない。また、行く先の手掛かりを残せば、勘次郎が追ってくるかもしれない。

勘次郎の幸せを考えれば、手掛かりを残さずに消えてしまう方がいい。そうすれば勘次郎も諦めるに違いない――。

生きているならば、どこかに腰を落ち着けたら便りをくれるはずだ。

そう考えながら、竹吉はその日、人生で初めての野宿をした。

薬楽堂に帰っても、家族の夜逃げの話はしなかった。心配をかけたくなかったからである。藪入りのたびに、にこやかに薬楽堂を出て、七月は野宿。一月は近くの寺の物置に潜り込んだり、物乞いたちのねぐらの仲間に入れてもらって寒さを凌いだりした。

そうして、家族からの便りを待って四年が経ったのである。

まだ落ち着き先が決まらないのか、どこかで野垂れ死んでしまったのか――。

いや、飛脚に手紙を頼むのにはべらぼうな金が掛かる。生きて仕事にありついていたとしても、手紙を出すほどの余裕がないのかもしれない。

そのいずれであってもおかしくはないが、しかし、それを確かめる術《すべ》はない。

そうは分かっていても最初の一年、二年は焦燥感にかられた。だがやがて、冷静さを取り戻していった。かつての実家を眺めに来たところで、なんの意味もない。心が痛むばかりだった。二回目、三回目の藪入りで訪ねた時には涙がこぼれた。自分でもなぜ藪入りの日に龍泉寺町に戻って来るのか分からなかった。

しかし、四回目、五回目と通ううちに、竹吉の心に一つの目的が見えてきた。最初の何回かは、もしかしたら家族に会えるかもしれないという、あり得ない幻想にしがみついていた。だが、心の痛みが小さくなるにつれて、これが消える時は来ないだろうが、もっと小さく小さくなった時が〝潮時〟なのだと気づいた。

実家を見た時の心の疼きが、気にならないほどに小さくなる――。それは、家族も、龍泉寺町での思い出も、全て過去のこととしてとらえることができるようになったという証《あかし》だ。

そして今、かつての実家を見ながら、竹吉は小さな溜息を一つついた。それで心の痛みは随分楽になった。

潮時が来たのかもしれない――。

明日帰ったら、薬楽堂のみんなに本当のことを言って、藪入りの日は店で過ごすことにしよう。

竹吉は立ち上がり、かつての実家に一礼すると、今夜の野宿の場所を探しに踵《きびす》を返した。

四

けっきょく、松吉は眠ることができなかった。

空が微かな朝の予兆を見せ始め、星の数が減り出した頃、人影が母屋の方から納屋へ向かって歩いて来た。

「捨蔵」

母の声だった。

「ああ、おっ母さん。今すぐ出て行くよ」

松吉は起きあがった。

「短い道中でも腹が減るだろう」

母は松吉の側に寄って、竹の皮に載せた握り飯を差し出した。

「食べていくかい？　それとも包むかい？」

母の顔はぼんやりと白いだけでその表情までは見えなかった。

「食っていくよ」

もしかすると、納屋で食う最後の飯になるかもしれない。

切ない思いで握り飯を取って口に運んだ。

玄米の中に別の食感があった。噛みしめて味わうと、塩茹でした枝豆を刻んだものであると分かった。

昨日の昼間に兄たちが収穫していたものだろう。

旅立ちの朝なのだから、ただの握り飯ではなくという母の心遣い。

でも、隠れて優しくしてくれるより、お父っつぁんに面と向かっておれを虐めるなと言って欲しかったなぁ――。

いや。そういえば、昔々、おれを庇ってお父っつぁんに殴られたところを見た気がする。だからおっ母さんはお父っつぁんや兄ちゃんたちと一緒になっておれを虐めるようになったんだなぁ――。

おっ母さんは弱い人だ。だけど、おれもひとのことは言えねぇ。兄ちゃんたちにも、お父っつぁんにも逆らえない。

お父っつぁんは――。

お父っつぁんは、虐め抜いて追い出した息子が、百姓が口にすることのできない上等な菓子を土産に帰って来る、それが後ろめたいのかもしれない。

けれど、今さら下にも置かぬ扱いをするわけにもいかない。

父親だから。父親は家の中で一番強くなければならないから。

きっと、お父っつぁんは、『もう戻って来なくていい』なんて言いたくはなかったに違いない。だから、背中を向けたのだ。

薬楽堂でもたいした働きができず、養われているも同然のおれだけど、暮らしぶりはずっとずっと上になってしまった。お父っつぁんは本当はそれが嬉しいのだ。けれど、掌を返すわけにもいかない。

だから戻って来るななんて言った。

自分が苦しまないために。

おれを苦しませないために。

戻って来なくていいと言ったのは、お父っつぁんの精一杯の優しさだったのかもしれない。そうか。お父っつぁんはおれのことを嫌ってないんだ——。

兄ちゃんたちは、もしかするとおっ母さんと同じ。お父っつぁんに合わせているだけなのかもしれない。そうしないと、おれと同じ目に遭うから。

みんな、みんな辛いんだ——。

「辛いなぁ……」

松吉は握り飯を食いながらぽつりと呟いた。

「そんなこと、言わないでおくれ……」

しげがさめざめと泣き始めた。

辛いなぁ——。

松吉は心の中で呟く。

辛いって口に出すこともできねぇ——。

おっ母さんは、正月におれが帰らなかったらどう思うだろう——。

すぐに諦めてくれるだろうか。それとも、自分を責めるだろうか。

もしかするとおっ母さんは、おれに自分を重ねているのかもしれねぇ——。

おれに心ばかりのもてなしをすることで、自分を慰めているのかもしれねぇ。だから、おれが辛いと言ったら泣き出した。自分のもてなしが足りなかったって――。

おれが帰って来なくなったら、おっ母さんの背中になにか重いものがどんどん積み重なっていって、ついには押しつぶされてしまうんだ――。

ああ……。家に帰って来ねぇなんて、おれにはできねぇ――。

松吉は握り飯を全部平らげると、指先についた飯粒を舐め取って、ぐいっとしげに顔を近づけた。薄明の中でも自分の表情が見えるように。母の表情が見えるように。

「美味《うま》かったよ、おっ母さん。正月にはなにを食わせてくれるのか、今から楽しみだ」

涙に濡れた母の顔に、明るさが蘇り、笑みが浮かんだ。

「そうかい。大したもてなしはできないけど、精一杯、美味いものを作ってやるからね」

「うん。それじゃあ、正月に」

松吉は勢いよく立ち上がった。

そして納屋を出る。

狭い敷地から足を踏み出しても、背後から母の声は聞こえなかった。

せめて、『捨蔵、行っておいで』という言葉を聞きたかったが、父や兄たちに聞かれたらと思えば、それもできないのだろう。

「辛ぇなあ……」

松吉は呟いた。しかし、目に溜まった涙はこぼさないように、少し上を向いて堪えた。白みを帯びた紺色の空に、まだまだ星は輝いていた。

目覚めは爽やかだった。空は白み始めている。顔の両側から草が天に向かって伸びている。頬っぺたや腕、脚を蚊に刺されていてすぐに痒くなったが、それにも増して気分は軽かった。正月にはもう以前の実家を訪れなくてすむ。寝て起きても、その思いは変わらないから、やっぱり潮時だったのだ。

「よし――」

竹吉は身を起こした。真正面、三町（約三二七メートル）ほど先に、黒板塀に囲まれた家並みが常夜灯に照らされてぼんやりと見えた。吉原遊廓である。

「おれは、まだまだ幸せなんだなぁ。女だったらあそこに売り飛ばされていたかもしれねぇ――。いや、おれのお父っつぁん、おっ母さんならそんなことはしねぇか」

竹吉はふと心配になった。妹のことである。

食うに困り、切羽詰まって売ってしまったということはないだろうか――。

「まぁ、心配しても仕方ねぇことだ」

竹吉は厳しい顔をして立ち上がって吉原に背を向ける。

そして、来た道のとおり、大回りをして浅草山谷町の辻に向かうために、真っ黒い影になって寝静まっている下谷金杉下町へ歩いた。

五

松吉が山谷町の辻に着くと、まだ竹吉の姿はなかった。

空はやっと白み始め、蔀《しとみ》を上げる商家もちらほら見え出した。品物を仕入れに行く棒手振たちが道を駆けて行く。

「まだ寝てやがるのかもしれねぇな……」

ゆっくり寝て、美味い朝餉を振る舞われて、家族の笑顔に送られて、『また正月に』なんて言い交わして——。

目にじわっと涙が浮かぶ。松吉は両手でごしごしと顔をこすった。

竹吉は浅草元吉町の先の辻の、右っかわの道をやって来るはずだ。元吉町の向こうは田圃だから人目も少ない。それに、少しでも早く竹吉に会える——。

松吉は、元吉町への道を歩き出した。町を過ぎるとすぐに田地になる。松吉は辻の近くに小さな空き地を見つけると座り込んで北西に続く小道に顔を向けた。広い田圃を挟んで寺院の伽藍《がらん》とそれを囲む木々が見える。その向こう側に下谷通新町の家並みが朝靄に霞んでいた。

松吉の脳裏には、薬楽堂の面々の顔が浮かんでいた。一人一人の顔を子細に思い出すと、思わず口元に笑みが浮かぶ。仕事をしているわけだから、辛いことがないわけではない。しこたま怒られることもあるし、叩かれることもある。

だけど、それはちゃんとした理由があってのこと。おれがへまをするから怒られるんだ。おれが捨蔵だってことだけで虐められるのとはわけが違う――。

「早く帰りてぇ――」

呟きながら、昨夜一睡もできなかった松吉はいつの間にか寝込んでいた。

「おーい。そこにいるのは松吉かい?」

声が聞こえて松吉は顔を上げた。

左斜め後ろから日が差して、目の前の真っ直ぐな道を照らしていた。

日の出の目映《まばゆ》い光を受けて輝く田圃と小道。その中を竹吉が歩いて来る。大きく菅笠を振って「おーい」ともう一度声を上げた。

松吉はさっと立ち上がり、顔が涙で濡れているとまずいと思い、汗を拭うようなしぐさで頬を擦る。

「おーい。竹吉!　おっ母さんのおっぱいでも飲んでたかい!　ずいぶん遅ぇじゃねぇか!」

「なんだと!」

竹吉は光の中を駆けて来る。怒鳴ったくせに満面の笑み。

松吉は待ちきれずに駆け出した。

心の底から喜びが噴き上がる。

竹吉だ！　竹吉、竹吉、竹吉！

「竹吉ぃ！」

松吉は体当たりするように竹吉に飛びついた。

竹吉はしっかりとそれを受けとめた。

「なんでぇ、気持ちが悪いなぁ」

竹吉は言ったが、ぐいっと松吉を抱く腕に力を込めた。

松吉が竹吉の胸に顔を埋めておいおいと泣き出した。

竹吉は、松吉が実家で辛いことがあったのだと直感した。

同時に、鼻の奥がつんと痛くなるのを感じ、そして、自分は過去に区切りをつけられたわけではないことに気づいた。

竹吉も声を上げて泣き出した。二人は膝を折って道にしゃがみ込む。

野良に出ていた百姓たちが集まって来て口々に、

「どうしてぇ？」

「腹でも痛ぇか？」

「財布でも落としたか？」

と訊いたが、二人は号泣するばかりだった。

途方に暮れた百姓たちは三々五々、仕事に戻ったが、時々顔を上げて二人を見守るのだった。

小半刻（約三〇分）も泣いただろうか。

「正月に帰るの、やめるかい？」

竹吉は松吉の背中をさすりながら訊いた。

松吉は強く首を振った。

「そうか……」

竹吉は『なぜだ？』とは、今は訊けなかった。

薬楽堂への帰路を辿り、少し落ち着いたらお互いの話をしようと思った。

友だちなら、やっぱり隠し事があっちゃいけねぇ。みんな話しちまって分かち合って――。

そこまで考えて、竹吉は唇を引き結ぶ。

いや――。

目を落とすと、松吉の左肩が自分の涙で濡れていた。自分の胸元もきっと、松吉の涙で濡れているに違いないと思った。

おれの身の上を話せば、松吉は一人で実家に戻ると言うだろう。けれどそれでは、松吉は家で色々なものを溜め込んで薬楽堂へ戻ることになる。そんな可哀想なことはできない。松吉が話したいならそれを聞いて、泣きたいなら存分に泣かせて、一緒に薬楽堂へ帰る。おれが松吉にしてやれるのは、それしかない――。

竹吉は強く松吉を抱き締めた。

松吉は強く抱き締められながら、竹吉がもう泣きやんでいることに気づいた。

さすが竹吉だなぁ……。でも、竹吉はなんで泣いてたんだろう――。

もしかすると、竹吉も家で辛い思いをしているのか？

竹吉はいつも強がってる。それは、おれが情けねぇからだ。おれを導かなきゃならねぇから、しっかりしなきゃと思ってる。だから辛いことを言えねぇのかもしれねぇ。

おれがもっとしっかりすれば、竹吉も楽になるんだなぁ――。

松吉はしゃくり上げながら思った。

おれがしっかりしてりゃあ、家で虐められることもなかった。おっ母さんにも辛い思いをさせずにすんだ。だけど、おれは精一杯しっかりやっているつもりなんだ――。

おっ母さんは早《よ》くに逃げ出してしまえばよかったんだ――。

という思いが過ぎったが、松吉はすぐにそれを否定した。

おっ母さんには、子供には分からねぇ大人のしがらみってもんが色々とあるに違いねぇ。だから、おっ母さんは家を飛び出すことはできねぇんだ――。

大人だったらおっ母さんを引き取って一緒に暮らすこともできるかもしれねぇ。だけど、子供のおれにできることはなにもねぇ。それはおれに解決できる類の問題じゃねぇ。きっと金魚さんにだってできねぇことなんだ――。

松吉は竹吉の胸をそっと押し、体を離した。

掌に湿った感触があった。竹吉の着物の胸は、松吉の涙でぐっしょり濡れていた。

「すまねぇ……」

松吉は情けない笑みを浮かべる。

「おれだってお前ぇの肩口を汚しちまった。お互いさまだ」

竹吉はすでに手拭いで涙を拭っていて、それを折り返し、綺麗な面を出して松吉の顔をごしごしと擦った。

「さて、極楽へ戻ろうか」

松吉は立ち上がって膝についた土を払い落とした。

そうか。薬楽堂は極楽。では実家は地獄だったんだ――。

と思いながら、竹吉も立ち上がった。

竹吉は周囲の田圃で働く百姓たちに、

「ご心配おかけしましたぁ！」

と元気に菅笠を振った。

「気をつけて行くんだよ！」

田圃のあちこちから声が上がった。

竹吉と松吉は並んで、胸を張って歩く。

濡れた胸が、肩口が、なにやら誇らしい竹吉と松吉であった。

薬楽堂の建物が見えてくると、松吉と竹吉はどちらからともなく走り出した。薬楽堂の面々の顔が頭の中に浮かんでくると、引っ込んだはずの涙がまた溢れそうになった。

薬楽堂は暖簾を出して店を開けている。

藪入りには江戸から故郷に帰る者もいるが、江戸に実家があり外に奉公に出ている者は江戸に帰って来る。そういう者たちが店の者や知人たちへの江戸土産として錦絵や草紙を買っていくから、結構な商売になるのである。

「ただ今、帰りやした！」

竹吉と松吉は一緒に三和土《たたき》に飛び込んだ。

これから奉公先に戻るらしい旅姿の男が数人、驚いたように二人を見た。

「あれ。随分早かったじゃないか」

帳場に座っていたのは金魚であった。

優雅な所作で煙管の灰を灰吹きに落とした。

「へい。金魚さんの顔を早く見たくて」

竹吉が言う。

「ばか」

金魚は笑う。

「今日は金魚さんが店番でござんすか？」

松吉が訊く。

「ちょいと顔を出したのが運の尽き」金魚は形のいい鼻に皺を寄せた。

「大旦那と旦那、無念は『昼餉を食ってくる間、店番をしてくんな』って言って出て行っちまったよ。かれこれ二刻になる。きっとどこかの飯屋で酒でもくらっているんだろうよ」

「お三人で行ったんなら、おおよそ店の見当はつきます」

竹吉は言って松吉と肯き合った。

「急いで着替えて連れ戻して来ます」

二人は奥へ飛び込んだ。


金魚は横目で竹吉、松吉を見送る。そして煙管に煙草を詰めた。

竹吉の胸と松吉の肩口に乾いた染みがあった。竹吉のそれには白っぽく粉を吹いたようなところもあった。

ありゃあ鼻水だね――。

二人は抱き合って泣いたんだ。けれど満面の笑みで帰って来た――。

金魚は煙草を吸いつける。

家でなにかあった――。

一回や二回のことなら、二人は辛抱できる。けれど、相手の着物を濡らして着物に染みをつくるくらい泣いたんなら、よっぽど溜め込んだなにかがあったんだろう――。

松吉の着物には、藁屑がついていた――。

竹吉の着物には草の切れ端や土汚れがあった――。

金魚には二人がどういう一夜を過ごしたのか見当がついた。竹吉と松吉の秘密の片鱗を垣間見た気がした。それは、金魚にも長右衛門、短右衛門、清之助や無念にも話したくないことなのだろう。

だから、追及はしまい。仲のいい家族だって秘密はあるものさ――。

「これをおくれ」

客が天井から吊るした錦絵を指差した。

「あいよ」

金魚は立って、紙ばさみから錦絵を外す。

その時、着替えを終えた竹吉と松吉が飛び出してきた。

金魚は客から代金を受け取りながら、

「竹吉、松吉」

と声をかける。

「へい」

二人は土間に飛び下り、草履を引っかけると金魚に向き直った。

「お前たちが勢いよく入って来たもんだから、言うのを忘れていたよ」

金魚は二人の顔をじっと見ながら言葉を切り、そしてゆっくりと言った。

「お帰り。松吉、竹吉」

松吉と竹吉の顔が、一瞬歪みそうになり、それが笑顔へと変じた。

「へい！　今からまた精進いたしやすんで、どうかよろしくお願いいたします」

竹吉が深々と頭を下げた。

松吉は竹吉に倣い「よろしくお願いいたしやす」とだけ言って腰を折った。

「大旦那たちを見《め》っけたら、昼餉をごちそうしてもらいな」

「いや、それじゃあ金魚さんが――」

松吉が言った。

「いいよ、いいよ。お前たち、朝餉も食わずに出て来たんだろう？　さっき腹が鳴っているのが聞こえたよ」

金魚の言葉に、松吉は「おれは食ってきましたが」と言い、竹吉は「へへっ」と笑った。

「それじゃあ、お言葉に甘えて！」

竹吉は言うと、店を飛び出す。

「お言葉に甘えて！」

松吉も後に続く。

金魚は帳場机に頬杖をついて微笑みながら、飛び跳ねるように遠ざかる二人の後ろ姿を見送った。

唐紅《からくれない》　気《き》早《ばや》の紅葉《もみじ》狩り

一

処暑《しょしょ》を過ぎて、肌寒い日が多くなった。気の早い江戸っ子たちの中には紅葉狩りの予定を立て始める者もいた。

ある日の朝である。

「ねぇ。いつ出かけようねぇ」

縞の着物を粋に着こんだ鉢野《はちの》金魚《きんとと》は、長右衛門《ちょうえもん》の離れの縁側に座って、黄蘗色《きはだいろ》の帯から腰差しの煙草入れを抜いた。

煙管筒《きせるづつ》は象牙。紅葉狩りをする粋人の姿が細かく彫り込まれている。煙草入れは深緑色の更紗で、朱、橙《だいだい》の珊瑚で作った大小の紅葉が散っている。その中に一つ、翡翠《ひすい》の八つ手がひとひら混じっていた。深山の淵に浮かぶ、落ち葉の風情である。

「どこの葉っぱもまだ青々としてるぜ」

長右衛門は知り合いの絵師から借りてきた錦絵の下絵を眺めながら言った。無念《むねん》も数枚の下絵を畳の上に置いて視線を巡らせている。絵師の四番弟子、五番弟子の絵であった。安い手間賃で使える挿絵師を探しているのである。

「そんなことは分かってるよ」

金魚は内筒を抜いて銀延《ぎんのべ》煙管を滑り出させた。煙草を詰めて煙草盆の火入れから炭火を移す。

「今から、あっちがいいか、こっちがいいかって考えるのが楽しいんじゃないか」

煙と共に吐き出した。

金魚は長い間を吉原遊廓で過ごした。秋には仲ノ町の通りに鮮やかな紅葉が植えられることもあったが、錦に染まった山々を間近に見た経験は、身請けされた後の数回であった。

あっちがいいか、こっちがいいかと考えたことを実現できる嬉しさ。そんなことは、こいつらには分かんないだろうねぇ——。

金魚は煙管を吸い、煙を吹く。

青空に白い煙が広がり、消えた時、通り土間に番頭の清之助《せいのすけ》が現れた。後ろからおずおずと、中年男がついてくる。

「あれ、播磨屋《はりまや》さんじゃないですか」

金魚は煙管の灰を捨てながら中年男に顔を向けた。

播磨屋伊三郎《いさぶろう》。三河町二丁目に店を持つ表紙仕立屋《ひょうししたてや》——、現代でいうところの製本業者である。晩秋に出る金魚の【拐かし　絆の煙草入れ　巻之二】の製本を頼んでいた。

伊三郎はなにやら恐縮した様子で、腰を屈め、頭をぺこぺこ下げながら縁側に近づいた。

「おう。播磨屋の。散らかってるが、まぁ入んねぇ」

長右衛門はがさごそと絵を片づけて座敷に隙間を作る。

「いや……、大旦那。今日は詫びに来たんだ。申しわけなくって座敷には上がれねぇよ」

伊三郎は庭に膝を折った。

「あっ。播磨屋さん！」

驚いた清之助が慌てて立たせようとする。

伊三郎はその手を振り払って、

「旦那がいなかったんで、こっちに通らせてもらった。まずは大旦那と金魚先生に詫びなきゃならねぇ。本当に、すまなかった」

伊三郎は額を庭土に押しつけた。

「播磨屋の。理由も言わずに謝られたって、こっちはちんぷんかんぷんだぜ」長右衛門は縁側に出てあぐらをかき、

「まずはここに座りねぇ」

金魚との間をぽんぽんと叩いた。

伊三郎は立ち上がり、一礼して縁側に座った。金魚は手拭いを出して、伊三郎の額と鼻の頭の土を払い落とした。

「すまねぇ金魚先生――」

伊三郎は暗い顔で小さく頭を下げた。

「どうしたんです播磨屋さん。大旦那や旦那、あたしにまで謝らなきゃならないっていうからには、【巻之二】の件でござんすね？」

【拐かし　絆の煙草入れ　巻之二】では長いので、金魚たちは短く【巻之二】と呼んでいた。

「そのとおりで――」

伊三郎は言い辛そうに唇を噛む。

「なにがあったんでぇ？　播磨屋さん」

無念が縁側の近くまで出て来て訊く。

「表紙紙を盗まれた――」

伊三郎は絞り出すような声で言った。

「あの紙をでござんすか……」

金魚は眉をひそめた。

「なんでぇ」無念は笑った。

「たかが表紙紙くれぇで、そんな深刻な顔をしてたのかい」

金魚の手が飛んで、無念の膝をぱちんと叩いた。

「痛っ。なにしやがんでぇ！」

無念は拳を握って振り上げる。もちろん叩きはしない。

「たかがって言える表紙紙じゃないんだよ」

金魚は無念を睨んだ。

「浅草の陸奥屋《むつや》って紙屋を知ってるだろ」

長右衛門は腕組みをする。

「ああ。伊達領東山《ひがしやま》の、東山紙《とうざんし》の流れを汲む、紙漉《かみすき》だって聞いたなぁ。それがどうしてぇ？」

「陸奥屋の先代虎次郎《とらじろう》さんは、紙の色つけの名人だった。その名人に染めてもらった紙だったのさ」

金魚は溜息をつく。

「だったら、もう一回漉《す》いてもらえばいいだけの話じゃねぇか」

「ばかだねぇ」金魚は呆れたように無念を見る。

「それができれば播磨屋さんは謝りに来ないってことが分からないかねぇ。あたしは、『陸奥屋の先代は、紙の色つけの名人だった』って言ったろう。あんたも戯作者なら、言葉を聞いただけで察しなよ」

「あ……。先代は死んじまったってことか」

「跡継ぎに奥義も伝えずぽっくりさ。だから、おそらく同じ紙は漉けないんだよ――。そういうことだろ？　播磨屋さん」

「そのとおり――」播磨屋は肯く。

「紙を持って行って当代の二代目虎次郎さんに相談したが、残念ながらと首を振られちまった」

「ちょいと待ってくれよ」無念は縁側に出て金魚の後ろにしゃがみ込む。

「紙は盗まれたって言ったじゃないか。その紙を持って陸奥屋に相談しに行ったってのはどういうこったい？」

「盗まれたのは全部じゃない。五百五十枚のうち百枚だけだ」

「百枚だけ……」金魚は眉をひそめる。

「それ以外に盗まれたものは？」

「ない。紙だけが盗まれたんだ」

「紙だけを百枚盗む盗人か――」金魚は呟いて煙管を出し、煙草を吸いつけた。

「紙はいつなくなったんだい？」

「気がついたのは一昨日《おとつい》の夜だ。おれは心配性でさ、一日一度、寝る前には火の用心の見廻りと一緒に納戸の紙も確かめる」

「ってことは、一昨々日《さきおとつい》の夜から、一昨日の夜までの間に盗まれたんだね」

「これからは、朝も昼も確かめることにするよ……」

「いくら用心したって、盗まれる時は盗まれますって。一昨日はどんな人が店に来たんです？」

「忙しいからよく覚えてねぇんだよ。女房なら覚えてるかもしれねぇが……」

「それじゃあ、後から訊いてみるかねぇ」

「大旦那」無念が訊く。

「金魚の本は何部刷るつもりだったんだ？」

「五百だ」

　この時代、有名な戯作者の本なら六千、七千部も売れたが、それ以外の名の売れていない戯作者の本はいかに優れていても千部を超える売り上げは望めなかった。

「なんでぇ。それじゃあ初刷分とその予備だけしか紙を買ってねぇってことか。しみったれてやがるな。金魚の本の中には何度か増刷されたのもあるだろう。だったら、それも考えに入れて表紙紙だけはもう少し漉いてもらやぁよかったじゃねぇか」

「先代がぽっくり行くたぁ考えてなかったんだよ。【巻之二】、【巻之三】と色を変えて出してぇなんて金魚が言うから、陸奥屋の紙を使ったんだが――。陸奥屋の紙は高ぇ。それに【巻之一】の表紙紙は特別な色だ。買い込んで増刷がかけられなかったら、別の本に流用することもできず死蔵することになる――」

　そこで長右衛門はぽんと手を打った。

「そうだ金魚。表紙紙が揃わねぇんなら仕方がねぇ。おれが最初に言ったように、全巻揃えて合巻《ごうかん》みてぇにしちまおうぜ。派手な錦絵を表紙にしてさ」

　当時の草紙は十ページ程度の薄いものであった。それを数冊分綴じて売り出したものが合巻である。挿し絵が中心の分厚い本だが、金魚の草紙は挿し絵が少ない。だから正式な合巻にはならなかったが、この時代、地本屋は合巻や読本の規格に合わない本を色々と作っている。長右衛門が『合巻みてぇに』と言ったのはそういうことからであった。

「今度の本は、表紙に合わせて線の綺麗な絵師を選んで口絵を描かせたんだ。色をつけた錦絵を表紙にしたんじゃ興ざめなんだよ」

金魚はそう言うと、煙草を吹かしながらなにか考え始めた。

「だけど表紙紙が足りねぇんなら仕方ねぇだろう」

長右衛門は言うが、金魚は返事をしない。

仕方なく、無念が代弁する。

「合巻は一年切《いちねんぎり》だろ。金魚は一年で自分の本が消えるのは嫌だって前々から言ってるじゃないか」

「売れれば次の年も、その次の年も刷るさ」

「売れるって保証はあるかい？　金魚の本は増刷が決まったって、せいぜい二刷、三刷だぜ」

言ってしまってから、無念は金魚が怒り出すのではないかと、恐るおそる様子を見た。しかし、金魚はまだ横を向いて煙管を吹かしている。

「うーむ」

長右衛門は唇をへの字に曲げた。

「なぁ、金魚先生」伊三郎は金魚の横顔を見る。

「陸奥屋の二代目虎次郎さんは、近い色ならば出せるって言ってるんだ。だけど、五十冊だけ微妙に違う色にするわけにもいかねぇ。全部、二代目の色で紙を漉き直してそれを表紙に使わせてもらうわけにはいかねぇだろうか?」

伊三郎の言葉に、金魚はうっすらとあけた唇から煙を立ち上らせ、吸いきった灰を灰吹きに落とした。

「探そう」

金魚は煙管に息を吹き込んで火皿に残った灰を飛ばすと、筒に仕舞った。

「盗人から紙を取り戻そうってのか?」

長右衛門は眉をひそめた。

「あたしはあの紙の色が好きなんだ」

金魚は煙管筒を帯に挟むと、沓脱石《くつぬぎいし》の草履に足を入れた。

「播磨屋さん。お店にお邪魔しますよ」

言って、金魚は小走りに通り土間へ向かう。

「あっ。おい、金魚!」

長右衛門と無念は慌てて草履をひっかける。伊三郎も後に続いた。

庭に残された清之助は、少し迷っていたが、店番のために表へ戻った。

二

金魚が【拐かし　絆の煙草入れ　巻之一】の表紙に選んだのは、鮮やかな唐紅《からくれない》であった。明るく熱く、しかしほんのわずか蘇芳《すおう》でも溶け込んでいるのか、かすかな渋さも漂わせるその色は、只野真葛《ただのまくず》に似ている――。金魚はそう感じたのであった。

なんとしても、あの色を【巻之一】に使いたい。

そして、真葛に贈りたい。

どんなことがあっても自著出版の夢を諦めないようにという励ましの気持ちも込めて――。

そういう思いと、盗人はさほど難しくなく見つかるに違いないという推当《おしあて》が、金魚の足を速くさせた。

薬楽堂から三河町二丁目の播磨屋までは半里（約二キロ）ほど。小半刻（約三〇分）の道程である。

店を出た金魚たちは通旅篭町、大伝馬町、本石町と進み、外堀の畔に出た。右に曲がって竜閑橋を渡って鎌倉河岸を真っ直ぐ進めば、右側が三河町一丁目であった。

三河町は、商店がずらりと並ぶ界隈であったが、通行人には人足風の男たちが多かった。褌《ふんどし》姿に袖無しを羽織り、急ぎ足でどこかに向かう集団。挟み箱を肩に担いだ半裸の男たちが飛ぶように走って行く。かと思えば、派手な着物をまとい、粋に髷を整えた若い衆たちが闊歩している。

三河町の西側は大名屋敷が並ぶ武家地であり、大名飛脚や荷役を請け負う六組飛脚問屋があって、その人足たちが意気張を競う町であった。

「三河町がこんな町だって知ってりゃあ、住まわせるんじゃなかったのによぉ」

長右衛門がぼそっと言った。

「誰が住んでいるんだい？」

金魚が訊く。

隣で無念が金魚の袖を引っ張った。

その瞬間、金魚は以前無念から聞かされていた話を思い出した。

この町には薬楽堂の主人、短右衛門《たんえもん》の妻子が住んでいるのである。

短右衛門の妻きさは気の強い女で、夫婦喧嘩が絶えなかったので、腹を立てた長右衛門が別居を提案し、きさはそれを受けた。

その話を耳にした薬楽堂の常連で、村越平左衛門《むらこしへいざえもん》という旗本のご隠居が、『それならば近くにいい貸家がある』と、屋敷のある錦小路にほど近い三河町の仕舞屋を紹介してくれたのであった。村越家も、つき合いの深い表紙仕立屋の播磨屋も近くである。

それなら、なにかの時に安心だと思い、長右衛門はその厚意を受けた。

そしてきさと子供たちが三河町に住んで五年ほどになる。

金魚が薬楽堂に出入りするようになってほどなくして、なにも知らずに短右衛門の家族のことを訊いたら、その場の空気が凍りついた。そして無念が、『薬楽堂では旦那の女房子供についての話は御法度《ごはっと》なんだ』と前置きをして、ざっと事情を話してくれたのであった。

しかし、今は長右衛門がそれを口にしたのだからと、金魚は話題に乗っかった。

「半分裸の若い男たちがうようよしてるんだから、旦那のおかみさんもいい目の保養をしてるんじゃないかい」

「嫁のことなんかどうでもいい」長右衛門は鼻に皺を寄せる。

「心配は孫たちのことだ」

長右衛門の孫は二人。徳次郎《とくじろう》とけいである。

徳次郎は短右衛門の次男で十三歳。長男は幼い頃に死んだので、薬楽堂の跡継ぎであった。村越平左衛門の家に通って読み書きを習っているが、母のききさの目論見は別にあるらしい。平左衛門のつてで、どこかの大店の婿にと考えているようだと、金魚は無念から教えられていた。小さな地本屋など先が知れていて、短右衛門の代で潰れるに違いないときささは思っている。そうなったらさっさと離縁してもらって、徳次郎の元に身を寄せようという魂胆なのだと言うのである。

けいは七歳。年のわりに弁が立ち、言い出したら引かない娘で、きさはけいを相手にするのを面倒くさがっている。どうせこんな変わった娘は嫁の行き先がない。けいが年頃になるまで薬楽堂があったなら、婿をとって店を継がせる――。

無念は『そう考えているに違いねぇ』と言った。無念の推当だけでは怪しいので、その根拠を問いただすと、清之助や竹吉《たけきち》、松吉《まつきち》、二人の下女はいまとみねから聞いた話を総合しての推当だと言う。

「確かに、子供を育てるには、いい場所だとは言えないねぇ」

金魚は言った。話に聞いた、時に人を小馬鹿にしたような物言いをするけいの癖を荒っぽい人足たちの前で発揮したら、乱暴なことをされかねない。実のところ、金魚にも幼い頃、似たような経験があった。

「徳次郎が村越さまんとこの習い事に出かける時にゃあ下男をつけ、きさがどこかに出かける時にゃあ、けいを知り合いのところに託《あず》けてるから大丈夫だとぬかしやがるが――」

長右衛門は渋い顔をして、往来する人足たちを見る。

金魚たちの足が遅くなったので、先に進み過ぎた伊三郎が戻って来るのが見えた。

「おっとすまねぇ」

言って長右衛門は小走りに伊三郎の元に向かう。

三

播磨屋は間口五間ほどの店であった。狭い土間の奥は広い板敷で、職人たちが製本の作業を行っていた。

出来上がった本の表紙に題簽《だいせん》を貼っていた職人が、入って来た伊三郎に気づいて顔を上げた。題簽とは、本の題名を書いた紙である。

「旦那、おかえりなさいやし」

職人は頭を下げる。そして、主人と一緒なのが薬楽堂の面々と気づき、付け加えた。

「これは薬楽堂の大旦那と本能寺《ほんのうじ》無念先生も――。いらっしゃいませ」

題簽の職人の言葉に、板敷にいた職人たちは一斉に顔を上げて一礼した。

金魚は表紙仕立屋の仕事を見るのは初めてだったので、興味深く板敷を見回した。

「あっ。そちらはもしかして、鉢野金魚先生じゃございませんかい？」

題簽の職人が言った。

ほかの職人も金魚の名を聞いてもう一度顔を上げ、軽く頭を下げた。

「そうだよ」

金魚は職人に顔を向けてにっこりとした。

職人は若く、なかなかの色男である。

「よく分かったねぇ」

嬉しそうな金魚の顔に、無念はむっとした表情になる。

「仕立をしながら読んでたんでござんすよ。それで、どんなお方かなぁと想像してたんでさぁ」

「想像と比べてどうだい？」

金魚は科《しな》を作る。

「へい。どうしても梶原椎葉《かじわらしいば》に重ねて読むもんですから、もっとお若い方かと」

梶原椎葉とは、金魚が薬楽堂の面々と関わってきた事件をねたにした戯作の主人公である。椎葉は金魚自身をもとにした登場人物であったが、年は随分若い設定であった。

職人の言葉に、無念はげらげらと笑い出す。金魚の頬が見る見る膨らんでいく。

「仕事中に盗み読みなんかしないで、ちゃんと買って読みな」

金魚はぷいっとそっぽを向いた。

「あっ、こいつはどうも……」

職人はばつが悪そうに頭を掻いた。

「藤吉《とうきち》」伊三郎が笑いを噛み殺して言う。

「金魚先生は仕立の仕事を初めてご覧になるようだから、話してさしあげろ」

「へい」藤吉と呼ばれた職人は題簽を置いて立ち上がった。

「先生。こちらへどうぞ」

藤吉は職人たちの間を縫って、金魚を板敷の奥に誘《いざな》った。

一番奥では、摺り上げた紙を凄まじい速度で折る者、それを順番に揃える者たちが仕事をしていた。

「これは丁合《ちょうあい》っていう仕事でござんす。丁合した紙の束が溜まると、次はそっちへ回しやす」

藤吉は、丁合の作業の隣で、分厚い台に紙の束を載せ包丁で裁断する者たちの後ろに立つ。

「これを化粧裁《けしょうだち》って言いやす。今やってる丁合が全部終わったら、ここでの作業が始まりやす」

藤吉は、丁合のすんだ紙の束を一つ取って空いた台に載せ、当て木と包丁で綺麗に裁断して見せた。そして、化粧裁を終えた紙の束を台の端にきちんと置いて、次は板敷の土間側に進んだ。

「ここでやっているのは、すでに化粧裁まで終えたものを本の体裁に仕立てる仕事でござんす」

紙の束を紙縒《こより》で下綴《したとじ》する者や、本の角に貼る角布《かどぎれ》を用意する者、表紙を糸綴《いととじ》する者などが座って黙々と作業していた。糸で綴じる係は女たちばかりであった。

「あっしがさっきやっていたのは題簽を貼る仕事で、それが終われば袋詰めしてそれぞれの地本屋、書物屋へ届けやす」

「表紙紙はどこで貼るんだい？」

金魚は目の前で糸綴されていく本の表紙を見ながら訊いた。錦絵の摺られた紙を貼った、合巻の表紙である。

「表紙を専門に作っている店があって、そっちに頼むこともありやすが、うちではたいてい自分とこでやりやす」

金魚の表紙紙が盗まれたことを知らされていないのだろうか、藤吉は表情を変えずに答えた。

金魚は伊三郎にちらりと視線を向ける。伊三郎は小さく首を振った。

失態については今のところ職人たちには告げていないということか——。

「そうかい。ありがとうよ」

金魚は言って土間に降りる。

伊三郎が金魚たちを通り土間へ誘う。

藤吉は自分の場所に戻って、題簽貼りの仕事を再開した。

「藤吉は一番弟子で？」

薄暗い通り土間を歩きながら金魚は訊いた。

「あと五年もしたら一人立ちかなと思ってる」

伊三郎は答えた。

「なぜ職人たちに紙が盗まれたことを話してなかったんだい？」

「なんで話してないと分かった？」

無念が隣で訊く。

「あたしの本の表紙紙が盗まれたことを知ってたら、すぐに詫びを言うだろう。あたしが表紙紙の話をした時も、藤吉は顔色ひとつ変えなかった。一番弟子の藤吉が知らないってことは、播磨屋さんは紙が盗まれたことを職人たちの誰にも話してないってことさ」

「なぜだ？」

長右衛門が伊三郎に訊く。

「金魚先生が戯作の椎葉のように推当の上手なら、紙を盗んだ奴も、紙もめっけてくれるんじゃねぇかと思ってさ。今日謝りに行ったのは、盗人探しを頼もうと思ってってのもあったんだ」

「だけどお前ぇは紙屋には話をして、新しい紙を漉く算段もしてたんだろう？」

「そりゃあ、金魚先生が推当を断った時の用心さ――。疑いたかぁねぇが、一番怪しいのは、家に出入りしてる奴らだ。こっちが紙を盗まれたことを黙っておけば、金魚先生が突然現れたらびっくりするだろう。その表情を見極めれば手掛かりになるんじゃねぇかと思ったのさ」

伊三郎は中庭に出ると、奥まった座敷に金魚たちを通した。

「なかなか考えてるじゃないか」沓脱石《くつぬぎいし》に草履を脱ぎながら金魚が言った。

「で、播磨屋さんは今職人たちの顔色を見てどう思った？」

金魚、長右衛門、無念は上座に座る。どちらが真ん中に座るかで長右衛門と金魚が争ったが、長右衛門が左脇に追いやられた。

「藤吉でござんすかねぇ……」

伊三郎は溜息をついて下座に座る。

「藤吉は違いますよ」

金魚が言うと、無念が鼻で笑った。

「色男にゃ甘いねぇ」

「なにさ。妬くんじゃないよ。ちゃんとした推当さ」

「言ってみろよ」

「藤吉がもしあたしの紙を盗んだ張本人なら、顔色も変えず、表紙仕立屋の仕事を説明するもんか」

「腹を据えて嘘をついているかもしれねぇじゃねぇか。向こうもいずれ金魚が現れるって考えて用心していたのかもしれねぇ」

「お前はよっぽど藤吉を盗人にしたいようだねぇ」

「お前ぇはよっぽど藤吉を盗人にしたくねぇようじゃねぇか。どんな可能性も否定せずに考えるんじゃなかったのかい？　もしかしたら、お前ぇを引っ張り出すために、お前ぇの表紙紙を盗んだのかもしれねぇぜ。お前ぇがどんな人か想像してたって言ってたじゃねぇか」

「あっ。それはあるかもしれないねぇ」

金魚は真顔になった。

「ばか。冗談だよ」

無念は舌打ちした。

「こっちだって冗談だよ」と金魚は舌を出す。

「もし、あたしを引っ張り出したきゃ、五百五十枚のうち百枚なんてみみっちい盗み方はしないだろ。それが手掛かりなんだよ」

「どういうこったい？」

無念は片眉を上げた。

「盗人は、なぜ紙を全部盗まなかったかってことさ。その理由が分かれば、盗人に近づける」

金魚の言葉に、無念は言い合いの続きを忘れて腕組みした。

「五百枚も必要なかったってことか――？」

「おそらくね」

金魚が答えた時、庭に面した廊下に足音がして、女が湯飲み茶碗を載せた盆を持って現れた。

「これはおかみさん、お邪魔してるよ」

長右衛門が言った。

女は廊下に膝をつき金魚たちを見回して頭を下げた。

「伊三郎の家内、いくでございます」

伊三郎の女房にしてはずいぶん若く、まだ二十代の半ばほどに見えた。

その後ろに、煙草盆を持った女の子がとことこと現れ、いくの背中にしがみついた。

「これ、はな。お行儀の悪い。ちゃんとご挨拶なさい」

はなと呼ばれた五、六歳ほどの女の子はいくの背中を離れ、その脇にくっつくようにして座り、頭を下げた。

「はなでございます」

はなは、いくに背中を押されて、煙草盆を金魚の前に置く。黒漆に簡単な蒔絵を施した、そこそこ上等な煙草盆であった。この時代、客には茶よりも先に煙草盆を出したと言われるほど喫煙する者が多かった。

はなは、ぎこちなく一礼して母の横に戻った。

「大事な話をしているんだ。向こうに行ってなさい」

伊三郎は少し怖い顔をしてみせた。

はなは驚いたような表情をしてぱっと立ち上がり、廊下を駆けて行った。

「年をくってからの子供で甘やかして育てたもんで」

伊三郎は恥ずかしそうに言う。

いくは「失礼いたしました」と言いながら金魚たちの前に湯飲み茶碗を置く。

「おかみさん――」金魚は、自分の前に茶碗を置くいくに目を向けた。

「一昨日、店にはどんなお客がありました？」

「一昨日？」いくは怪訝な顔をする。

「太田屋さん、深山堂河内屋《しんざんどうかわちや》さんがお出でになったかと」

太田屋は、金魚が戯作に書いた【尾張屋敷　強請《いたぶ》りの裏】で関わった、河内屋は【娘幽霊　初春《はつはる》の誑《たばか》り】で関わった地本屋である。

「ときに、おはなちゃんは悪戯《いたずら》好きでございますか？」

金魚は煙管を出して、はなが持ってきた煙草盆の火皿で吸いつける。

いくは小首を傾げて金魚を見た。

「悪戯でございますか――。あまりしない方だと存じますが、なにか？」

「いえね、姪が酷い悪戯好きでございまして。姉がどうしたものかと困っているんでございますよ。見れば、おはなちゃんは同じ年頃。なにか子育ての秘訣でもおありならお聞きしたいと思いましてね」

金魚は口の端から煙を吐き出した。

「秘訣もなにも――。ご覧になったように、うちは甘えん坊でございまして。今度お姉さまに甘えん坊を直す秘訣を聞いてきてくださいませんか」

いくは微笑みながらそう言うと一礼して下がった。

「金魚先生は、はなを疑っているのかい？」

伊三郎は眉間に皺を寄せた。

「別に疑ってたわけじゃござんせんよ。確かめたかったのはおかみさんの態度でござんす。おかみさんにも紙が盗まれたことを話しておいでじゃない——。もし知っていたなら、伊三郎さんの今の台詞《せりふ》はおかみさんがおっしゃったはず」

「ああ——。そういうことかい。うちのにも話してない」

「つまり——」長右衛門は茶を啜る。

「表紙紙が盗まれたことを知っているのはあんたと陸奥屋の二代目虎次郎だけってことか」

「ああ。虎次郎さんには、店の名に関わることだから、落ち着くまでは内緒にしてくれるよう頼んだ」

「ってことは、表紙紙のことを聞いて顔色を変えた奴が怪しいってこったな」

無念も茶碗を口に運んだ。

「そういうことだねぇ」

金魚は煙管の灰を捨てた。

無念と長右衛門も煙管を出して金魚の前の煙草盆を引き、吸いつける。しかつめらしい顔で煙を吐き出し、一心に考え事をしているふうだったが、一服の煙草を灰にする間になにも閃いた様子はなかった。

金魚はくすっと笑って、

「さて、播磨屋さん。あたしの本の表紙紙はどこに置かれていたんだい?」

と訊いた。

「案内しよう」

伊三郎は立ち上がった。

四

伊三郎は座敷を出て廊下を進み、仕事場の裏手に回った。襖の向こうから職人たちが仕事をする音が聞こえている。

「さっき、仕事を見てもらった時に案内すりゃあよかったんだが、初めて来た客に納戸まで見せれば職人たちが不審に思うんじゃねぇかと考えてな」

伊三郎は言って、廊下を挟んで仕事場の襖に向かい合う板戸を開けた。

薄暗い納戸の中には木の棚が置かれていて、色とりどりの紙の束や、表紙の芯にするらしい厚紙が積み上げられていた。一番奥には大きな桐の箪笥《たんす》が据えられていた。

「高ぇ紙はみんなこの中だ」

伊三郎は桐箪笥に歩み寄り、下から二番目の抽斗《ひきだし》を開ける。

薄暗がりの中でも鮮やかな紅《くれない》の紙が納められていた。

「ほら」金魚は一枚取って無念に渡す。

「いい色だろ?」

受け取った無念は納戸を出て、明るい中で紙を見る。縦は一尺を少し超え、横は九寸ほどの紙である。

「確かにいい色だ。本にして棚に並べりゃあ、滅法目立つぜ」

無念は納戸に戻って金魚に紙を返す。

金魚は簞笥の前にしゃがみ込んで紙を戻しながら、抽斗の様子を観察した。

しゃがんだ金魚が中を見下ろせるほどの高さである。

四百五十枚の紙は六つに分けて抽斗の底に敷き詰めるように置いてあり、両端の隙間には湿気取りの木炭が立てられていた。

それぞれ七十五枚ずつなのであろう、紙の高さは綺麗に揃っている。

念のために金魚は一箇所の紙を取って枚数を数えた。七十五枚である。隣の紙も数えたが、七十五枚であった。

五百五十枚を六つに分ければ九十一枚ずつと余り四枚。九十一枚を五箇所、九十五枚を一箇所と分けることはなかろう――。

「九十枚を五箇所、百枚を一箇所」

金魚は呟くように言った。それを聞きつけた伊三郎が「そのとおりだ」と答えた。

「とすりゃあ、一番高いところをそっくり盗めばいいはずだ。盗人は九十枚の場所から十五枚ずつ盗み、百枚のところから二十五枚盗ったのか。あるいは百枚盗って空いたところに五箇所から十五枚ずつ抜いてそれぞれの場所の数を合わせたか――」

金魚は抽斗を閉めて立ち上がる。

「店の者に気づかれねぇようにやったんだろうな」

長右衛門が言う。

「いや」と即座に首を振ったのは無念だった。

「抽斗の中の紙は、一箇所だけ十枚多かったんだ。気がつかれねぇようにするんなら、全部同じ枚数にはしねぇよ」

「なかなか冴えてるじゃないか」

金魚はぽんと無念の肩を叩く。

「まぁな」

無念はにんまりとした。

「抽斗の紙がみんな同じ高さになっているんで気づいたんだ」伊三郎が言う。

「しかし、なんでわざわざ数を揃えたんだろう」

「気づかれても構わねぇと考えていたのか――」

無念は顎を撫でながら言った。

「答えになってないね。気づかれても構わないんなら、なんで盗んだそのままにせず、数を揃えたんだい？」

金魚はにこにこ笑いながら無念を見上げる。

無念は考えに行き詰まり「うーん」と唸った後、

「性分なんじゃねぇのか」

と適当なことを言った。

「ますます冴えてきたね」

金魚は無念の肩をぽんぽんと叩くと、弾むような足取りで納戸を出た。

「そうなのかい？」

言いながら無念は後を追う。続く長右衛門と伊三郎は怪訝な顔である。

座敷に戻ると、金魚は煙管を吸いつけた。

無念、長右衛門、伊三郎も一つの煙草盆を囲むようにして煙管を出す。

「気づかれるのを気にせず、性分できっちりと数を合わせて紙を揃えたってことなのか？」

無念は煙を吐き出す。

「そういうことさ」金魚は煙管で無念の顔を差す。

「もう一つ訊くよ。簡単に考えてみな。百枚しか盗まなかったのは？」

「百枚だけ欲しかった」

無念が答えると、金魚は「ご明察」と言った。

「それじゃあよぉ」長右衛門が無念を見る。

「なぜ百枚だけ欲しかったんだ？」

「うーん。枚数は関係ねぇのかもしれねぇな。とりあえず数を減らして、金魚の本が出るのを邪魔したかったとか」

　無念が答える。

「そういやぁ、最近は鉢野金魚は女戯作者だって話が広まって、『うちも女戯作者で本を出そう』って用意をしてる地本屋があるって聞いたなぁ」

「どこの地本屋でぇ？」

「そいつがはっきりしねぇのよ」

「そいつは怪しいが——、あの納戸は外の者《もん》が入り込める場所じゃないぜ」

「ってことは——」伊三郎が渋い顔をした。

「やっぱりうちの中に、盗人がいるってこったな」

「お前ぇんとこは、夜の戸締まりはしっかりしてるか？」

　長右衛門が訊く。

「燃えるもんがごまんとあるから、火の用心だけはほかのところよりは厳重だが、まぁ、たいして金目のものがあるわけじゃねぇし、そこいらの商家よりは不用心かもしれねぇ」

「だったら、誰かが忍び込んで盗んだってことも考えられるぜ。この家の者とは限らねぇ」

「うむ……」

「ここに表紙仕立を頼んでいる地本屋なら、紙の納戸がどこにあるのか知ってるところもあるんじゃねぇか？」

無念が言った。

「なるほど」長右衛門が肯く。

「その地本屋の中に、女戯作者で本を出そうとしているところがあるかもしれねぇ」

「もしあったら決まりだな」

無念は同意を求めるように金魚を見た。

金魚は煙管を掌に打ちつけて、灰吹きに火皿の灰を落とす。そして、無念が求めていた返事とはまるで別のことを言った。

「盗ったのが百枚だったのは、百枚盗めば、七十五枚ずつ五箇所に分けられると分かったからかもしれないね」

「枚数なんてどうでもいいじゃねぇか」無念は舌打ちした。

「播磨屋さん。まずは一昨日に来たっていう太田屋と深山堂河内屋は頭に入れたが、そのほかにここに表紙仕立を頼んでいる地本屋を教えてくれねぇか。ちょいと当たってくる」

「三軒、四軒じゃねぇから書き出すよ」

伊三郎は座敷を離れた。

「なぁ金魚。おれたちの推当はどうだよ？」

無念が訊く。

「さてねぇ――」金魚は曖昧な笑みを浮かべて煙管に煙草を詰めた。

「あたしも、どの地本屋からどんな商売敵が本を出すのか知りたいから、調べてみなよ」

金魚がそう言った時、伊三郎が取引のある地本屋を書き出した紙を持ってきた。

「おれの推当がいいところを突いてるんで悔しいんだろ」無念は紙を受け取ると立ち上がった。

「上手くいけば、盗人をとっ捕まえてここに引きずって来るぜ」

無念は庭に下りて通り土間を駆けて行った。

「上手くいけばね」

金魚は煙草を吸いつけた。

半刻（約一時間）ほど沈黙が続いた。

金魚は煙管を吹かし続け、長右衛門と伊三郎は時々世間話をしようとするが、すぐに話題が途切れて黙り込んだ。

「さてと――」

金魚は煙管の灰を落とし、筒に仕舞うと帯に差し、立ち上がった。

「もう少しおかみさんに訊きたいことがあるんですが、よろしゅうござんすか？」

「ああ。構わねぇが……」

　と伊三郎も立ち上がる。

「別におかみさんを疑ってるってわけじゃござんせんから、お気になさらずに」

　金魚は言うと、立ち上がりかけた長右衛門を手で制した。

「女同士の話だから、大旦那は遠慮してもらうよ——」と言って金魚は伊三郎に顔を向けた。

「紙がなくなった話、おかみさんには話してもようござんしょう？　おかみさんは関係がないと分かっておりますんで」

「ああ……。それは構わないが……」

「たとえ仕事のこととはいえ、家の中で起こった大事は、夫婦で分かち合った方がようござんすよ」

　金魚はにっこりと笑った。

五

　伊三郎に案内されて、金魚はいくの部屋の前に立った。

「いく。金魚先生がなにか訊きてぇんだとよ」

　伊三郎は言って襖を開けた。

部屋の中では、文机を前にいくがはなの手習いを手伝っていた。

「はい……」

いくは怪訝な顔で文机を片づける。

「はなはおれが預かろう」

伊三郎はしゃがんではなに手招きした。

はなは少し怯えたような表情を見せて、母親を見上げる。

いくはもの問いたげに金魚に目を向けた。

「たいした話じゃないから、おはなちゃんが一緒でもようござんすよ」

「そうかい……」

伊三郎は言って廊下を歩み去る。

金魚は部屋に入って襖を閉めた。

「どのようなお話でしょうか？」

いくは警戒したように表情を硬くする。

「さっきはちょいと問い方を間違いましてね」

「と仰せられますと？」

「一昨日の話でございますよ。あたしは、『一昨日、店にはどんなお客がありました？』と訊いちまいました。本当は、ここにどんなお客があったのか訊かなければならなかったんです」

「ここにと仰せられますと……。この家にということでございますか？」

「そうです」

「おきささんと、おけいちゃんが――」

「薬楽堂短右衛門さんのご妻子でございますね」金魚は大きく肯いた。

「大旦那からは、おきささんがどこかに出かける時には知り合いのところに託《あず》けていると聞きましたが、それは播磨屋さんのことだったんでございますね」

「はい。時々お託かりいたしますが――。うちばかりではなく、村越さまのお屋敷や、近くの油屋さん、呉服屋さんにお託けになることもあると聞いております」

金魚の問いの真意が分からず、いくは眉根を寄せながら答えた。

「どのくらいいらっしゃいましたか？」

「おきささんは用事があるとかで、おけいちゃんを託けてどこかにお出かけでした。おけいちゃんはこの部屋で、はなと一緒に手習いをしておりました。夕方におきささんが迎えに来て、暮れ六ツにはお宅に帰りました」

「おいくさんは、ずっと二人と一緒でございましたか？」

「時々部屋を離れましたが、それがなにか？」

いくの口調が刺々しくなった。

隣に座るはなは、ずっと畳を見つめ、拳を膝の上で握りしめている。

「もう少し辛抱してくださいな。すぐに理由をお話しいたしますから――。一番長く離れたのはどのくらいで？」

「小半刻（約三〇分）でございます」

「おけいちゃんの荷物は？」

「手習いの道具の風呂敷包みでございました」

「なるほど――」金魚は肯いていくの顔を見て微笑む。

「煙草盆を貸していただきたいんでございんすが。それに少々喉が渇きました」

いくはあからさまに怒った顔をして部屋を出ていった。

部屋には金魚と、体を硬くしたはなが残された。

「肯くか、首を振るかだけでいいんだ。悪いようにはしないから。いいね？」

金魚が言うと、はなはこくっと肯いた。

「あんたは、納戸の箪笥に綺麗な紙があることを知っていた。そして、おけいちゃんにもそれを見せたかった。そうだね？」

はなは肯く。

金魚は穏やかな声で続ける。

「綺麗な紙を見たおけいちゃんは、欲しいと言った。だけどあんたは駄目だと言った」

はなは強く肯いた。

「おけいちゃんは、こんなにたくさんあるんだから、分からないようにすれば大丈夫だと言って紙を取った。そして残りの紙を平らに置いた。でもあんたは一箇所だけ高さが違っていたのを覚えていて、それじゃ駄目だと言った」

はなは肯く。

「だけど、おけいちゃんは、この方が綺麗だからと言って、紙を平らにしたまま抽斗を閉めた。そしておけいちゃんは紙を手習い道具と一緒に風呂敷に包んで持って帰った。どうだい？　当たってるかい？」

はなはゆっくりと大きく肯いた。そしてまっすぐ金魚を見つめると、

「あたしは悪いことをしたの？」

と訊いた。

「あんたがしている悪いことはたった一つだけ」

金魚はにっこりと笑って自分の膝を叩いた。

はなは金魚に歩み寄り、おずおずと金魚の膝に座った。

金魚ははなを抱き締め、

「それがなんだか分かるかい？」

「黙ってたこと――」

「賢い子だ」金魚は、はなの頭に頬ずりした。

「ねぇおはなちゃん。けじめって言葉を知ってるかい？」

と言いながらゆっくりとはなの体を揺らす。はなは首を振った。

「人はね、けじめを忘れちゃいけないんだ。けじめっていうのは色々あるんだけど、自分が悪いことをしたら謝るっていうのもけじめの一つなんだ。いいね？」

はなはこくんと肯いた。

その時、いくが煙草盆と茶を持って戻り、金魚の膝に抱かれているはなに気づいて驚いた顔をした。

「大変失礼をいたしました。はな。金魚先生のお膝から下りなさい」

いくは金魚の前に煙草盆と湯飲み茶碗を置くと、はなに手を差し出した。

はなは体を動かそうとしたが、金魚がしっかりと抱き締める。

「おいくさん。おはなちゃんはね、今からとても大切なことを話さなきゃならないんですよ。初めてのことだから、手助けがいる。だからしばらくこうしていることを許してくださいな。次からはきっと、自分でしっかりとけじめがつけられると思いますよ」

「はい……」

当惑した顔で、いくは金魚の前に座った。

無念は思ったより早く、半刻（約一時間）ほどで帰って来た。金魚は座敷を離れたきりである。

「おれは深山堂河内屋が怪しいと思ってるんだが、どうだった?」

長右衛門が訊く。河内屋は薬楽堂から遠くない富沢町にあり、商売敵の一つであった。

「おれもそう思って一番先に行ったんだ」無念は座りながら言った。

「お前ぇんとこじゃあ、女戯作者の本を出そうとしてやがるだろうって訊いたら『二匹目の泥鰌《どじょう》を狙うようなしみったれたことはしねぇよ』って、その二匹目の泥鰌を狙ってる奴を教えてくれた」

「誰だった?」

「人形町通りの天神堂北田屋《てんじんどうきただや》。今、女戯作者を育ててるんだが、薬楽堂ではどうやってるって訊かれたんだそうだ」

人形町通りも薬楽堂のある通油町からすぐの所である。

「くそ。北田屋小平《こへい》かい」

長右衛門は舌打ちした。北田屋は露骨な挿し絵の艶本《えんぽん》や残酷描写の多い読本などを売りさばいている店であった。

「今育ててるんなら、本が出るのはまだまだ先かい?」

伊三郎が訊く。

「ああ。そうだろうな。もうすぐ出る金魚の本の邪魔をしても得はねぇ」

「世の中、助平が多いから、若い女戯作者が書いた艶本だって宣伝すりゃあ飛ぶように売れるぜ」長右衛門は苦り切った顔である。

「うちでも金魚に艶本を書かせるか。確か、為一《いいつ》先生の娘も絵を描いてた。女戯作者と女絵師の艶本だったら、さらに売れるぜ」

長右衛門は舌なめずりせんばかりに言う。

為一先生とは、葛飾北斎《かつしかほくさい》のことである。十五年ほど前の文化二年に葛飾北斎の号を名乗ったが、改号することの多かった北斎はこの頃、為一と名乗っていた。

為一先生の娘とは葛飾応為《おうい》。本名を栄《えい》という。美人画の腕前は父を越えるとのもっぱらの評判で、女ではあったが枕絵の注文も受けているという。

「ばかなこと言ってるんじゃゃねぇよ」無念は顔をしかめて首を振った。

「金魚は推当物以外は書く気はねぇよ」

もし長右衛門に金魚が女郎であったことがばれれば、もっと調子に乗るだろうと思って無念は寒気を感じた。

「だが、金魚の奴も『為一先生の娘の絵はいい』って言ってたから、口絵を描かせて組ませるってのは面白ぇかもしれねぇぜ」

長右衛門がそう言った時、庭に足音が響いた。

座敷の一同がそちらを見ると、短右衛門が息せき切って庭を横切って来た。

「清之助から聞いて、駆けつけました。どうなっております？」

短右衛門は草履を跳ね飛ばして座敷に上がった。

「手詰まりだよ」長右衛門が顔をしかめた。

「北田屋小平が女戯作者の本を出すつもりだっていうから、てっきり奴の仕業かと思ったら、まだ育ててる途中だとさ」

「それもまた別の一大事でございますが――。では、まだ表紙紙は見つからないので？」

「金魚頼みだよ」

無念が言う。

「で、金魚さんは？」

短右衛門はきょろきょろと辺りを見回す。すると、

「金魚さんは、一つ、けじめをつけて来たよ」

言いながら金魚が廊下を歩いて来た。

「どういうことでぇ？　おいくがなにか関わってたのか？」

伊三郎は表情を強張らせる。

「違いますよ」金魚は軽く手を振った。

「まぁ、一件落着したらおいくさんの部屋に行けばよござんす」

「いつ落着するんだい？」

短右衛門は切羽詰まった顔で訊く。

「すぐにでも――」金魚は短右衛門を見ながら少し考えて、つけ足した。

「でも、旦那は来ない方がいいよ」

「どこかへ出かけるのかい？　なぜわたしは行かない方がいいんだい？」

「出かけるのは、旦那のおかみさんのところだからさ」

金魚が言うと、口を開いたままの短右衛門の顔から血の気が引いた。しかし、一瞬の後、その顔は耳まで真っ赤になった。

「おきさが商売の邪魔をしたのか！」

滅多に怒らない短右衛門が怒鳴ったので、無念は慌てて側に飛んで、その肩を叩いた。

「旦那。まぁ落ち着いて――。金魚。おかみさんのところへ行くってそりゃあどういうこったい？」

「旦那。そんなに怒るんなら、やっぱり連れて行けないよ」

「しかし、おきさがわたしへの嫌がらせで表紙紙を盗んだんなら――」

「おかみさんが盗んだんじゃないし、商売の邪魔をしたわけでもないよ」

「そうなのかい……」短右衛門は何度か深呼吸を繰り返す。

「もう大丈夫だ。わたしも連れて行っておくれ」

「それじゃあ、絶対に怒っちゃ駄目ですよ」

金魚は念を押す。

「約束する」

短右衛門は言った。しかし、その目は据わっている。

「無念。旦那をよろしく頼むよ」

「ああ。任せとけ」

無念は答えた。

六

播磨屋は三河町二丁目。きさの家はおよそ三町（約三二七メートル）ほど北の三河町四丁目であった。

元は小さな商家であった仕舞屋である。土間の入り口に格子戸を設けてあった。

長右衛門は格子戸に手を掛けようとする短右衛門を制して、中に声をかけた。

「おきさ。長右衛門だ。入るぞ」

格子戸をからからと開けて、土間に足を踏み入れる。金魚、無念、短右衛門、伊三郎が続く。

奥から足音が聞こえ、身なりのいい女が姿を現した。緊張した顔つきだったが、短右衛門の姿を見ると、その表情に微かな怒りの色が混じった。

「なんの御用でございましょう」

つんけんした口調で言い、板敷に正座して背筋を伸ばした。

「表紙紙が盗まれたんだ」

鼻息も荒く、短右衛門が前に出る。

それを無念が引っ張って後ろに戻す。

「それがわたくしになんの関係があるんでございます？」

きさは短右衛門を睨む。

「それは……」

短右衛門は口ごもる。

「ほれ、旦那。事情が飲み込めてねぇんだから、金魚に任せなって」

無念は小声で言って、短右衛門をさらに後ろに引っ張った。

「おかみさん、お初にお目にかかります。鉢野金魚と申します」

金魚は前に出て一礼した。

「お名前はかねがね」きさは軽く頭を下げた。

「なにか盗まれたのなんのと、物騒な言葉を聞きましたが、詳しくお話しいただけましょうか？」

短右衛門の言葉で、自分が表紙紙を盗んだという疑いをかけられているらしいと思ったようだが、口調はいたって冷静であった。

「盗まれたというのは、ちょいと言い過ぎでござんすね」

金魚が応えると短右衛門がなにか言おうとしたが、無念に口を塞がれた。

「あたしの本に使う予定の表紙紙が百枚ほど、行方知れずになりましてね。それを探しているんでございますよ」

「その表紙紙に足が生えて、宅に逃げ込んだとでも？」きさの口元に冷笑が浮かぶ。

「とんだ言いがかりでございますね」

「一昨日、おけいちゃんを播磨屋さんにお託けになりましたね？」

その言葉に、きさの顔色がさっと変わった。

「それがなにか？　けいがその表紙紙とやらを盗んだとでも？　ふん。たかが紙百枚。もし盗んだとしたら、お金で解決いたしましょう」

さきは強い眼光で金魚を睨みつけた。

「きさ！」

短右衛門は無念の手を振り払って前に出た。金魚が咄嗟に前に出て短右衛門が板敷に跳び上がるのを防ぐ。

無念が短右衛門を羽交い締めにし、あたふたと駆け寄った長右衛門、伊三郎がその腕をとらえる。

「たかが紙とはなんだ！　大切な本の表紙に使う紙なんだ。戯作者が命を削って書いた草稿を、筆工が書き写し、彫り師が版木に彫り、摺り師が紙に摺る。それを播磨屋さんとこの職人が丁寧に丁合し、厚紙に表紙紙を貼って、糸で綴り、題簽を貼って本はできる。お前は本作りを理解しようとはしなかったが、一冊の本は沢山の人たちが手をかけてやっと出来上がるんだ。表紙一つをとったって、多くの人たちの熱い思いが籠もっている！　それをたかが紙とはなんだ！　金で解決するとはなんだ！」

短右衛門の目に涙が浮かんだ。

「なくなった紙は、金魚さんが、遠い空の下の、大切なお友だちのために、考えに考え、紙漉の名人に頼んで漉いてもらったものなんだ！」

短右衛門の顔がくしゃくしゃっと歪み、涙が溢れ出した。

「きさ！　金魚さんに謝れ！　たかが紙と言ったことを謝れ！」

きさの顔が青ざめた。そして体を金魚の方へ向けると深々と頭を下げた。

「それほど大切なものとは知らず、たかが紙などと、まことにご無礼を申し上げました」

きさの謝罪の言葉を聞き、短右衛門は無念たちの手を振り払って土間の隅に走り、しゃがみ込んで号泣した。

無念と伊三郎がその背中をさすりながら慰めの言葉をかける。

金魚はきさに向き直った。きさはまだ頭を下げていた。

「おかみさん、頭を上げてくださいな」金魚は板敷に腰を下ろした。

「今、おかみさんは『もし盗んだとしたら、お金で解決いたしましょう』と仰いましたね。それは、もしかしたらと考えたからでございましょう？」

きさの背中がぴくりと動いた。

「おけいちゃんならやるかもしれないと」

きさは平伏したまま答えない。

金魚は小さく溜息をつき、寂しげな笑みを浮かべてきさに言った。

「なんだかね、おけいちゃんの話を聞くたびに、子供の頃のあたしのようだなって思っていたんでござんすよ」

「お前《め》ぇなら——」土間の隅で短右衛門を慰めていた無念が金魚を振り返って言った。

「おけいちゃんの話し相手にぴったりかもしれねぇっておれたちはよく話してたぜ。お前ぇはあんまり子供が得意そうじゃねぇから言わなかったがよぉ」

「なに言ってんだい。あたしは子供が大の得意だよ」

金魚は無念に舌を出した。

きさがゆっくりと顔を上げた。

「おけいをどう扱ったらいいのか皆目分からないのでございます——」

きさの眉がきゅっと寄って、泣きそうな顔になった。金魚はそっときさの肩に掌を載せた。

「それで苛々して、旦那とぶつかってばかりだったんでござんしょう?」

金魚が言うと、きさははっとした顔になった。きさの中で、なにかが結びついたようであった。

金魚はその表情を見て肯き、土間の隅にうずくまっている短右衛門を振り返った。

「こらぁ！　短右衛門！　お前ぇは仕事ばっかりで、きささんを慮ってやる余裕をもたなかったんだろう！　金には苦労させてないなんて威張《えば》るんじゃねぇぞ！　金を使うんじゃなくて、気を遣え！　女房子供に気を遣えないんなら、嫁なんかもらわずに一生独り身でいやがれ！　嫁をもらったんなら責任をもて！」

金魚に怒鳴られ、短右衛門は呆然とした顔で立ち上がった。

「どうだい、すっきりなさったかい？」

金魚はきさの顔を覗き込んでにっこり笑った。

「はい」

きさもにっこりと笑った。

「おけいちゃんのことはね、当たり前に扱えばいいんですよ。なにかやらかしたら、順序立てて一つずつ確かめながら、それはやっちゃいけないことなんだって教えてやればいい。それが理屈に適ってりゃあ、おけいちゃんは〈やっちゃいけないこと〉っていう抽斗ん中に、その出来事を納めます」

「左様でございましたか……。わたくしは怒ってばかりで……」

きさは唇を噛む。

「なぁに。やり直せばいいんでございますよ。どこからやり直したって、遅いってことはございません――。おけいちゃんに会ってもようござんすか？」

「あの……」きさが不安げな顔になる。

「本当に、けいが表紙紙を?」

「おそらく。でも、きっと悪気はなかったんです。ただ綺麗な紙が欲しかっただけ。もし、おけいちゃんが紙を持っていたら、後から、欲しくても他人のものは持って来ちゃならないんだということを教えてやってくださいましね」

「分かりました——」ききさは立ち上がる。

「それでは、こちらへ」

ききさに促され、金魚は板敷に上がる。そして無念たちを振り返り、

「男衆らは、ちょいとここで待ってな」

と言ってききさと共に奥へ入った。


けいの部屋は静かだった。

金魚は廊下に膝を折って襖に手を掛ける。

「おけいちゃん。入るよ」

返事はない。

金魚はすっと襖を開けた。

目の前に、ぱっと紅《あか》いものが散った。

驚いて逃げる暇《いとま》もない。

紅い、小さな物が視界一杯に広がって、はらはらと畳の上、廊下の床に舞い落ちる。紙の紅葉であった。

紅葉の乱舞の向こうに、まったく子供らしくない黒い着物に深紅の帯を締めた幼い娘が両足を広げて立っているのが見えた。手には山盛りの紙紅葉を持っている。

「母さまと一緒のお前は誰だ！」

娘はそう叫ぶと、金魚に紙紅葉を投げつけた。

再び視野全体に紙紅葉が舞い踊った。

「きれいだねぇ」

金魚は思わず言った。そして、自分の周りに散った紙紅葉を両手で集めると、頭上に投げ上げた。

目の前を舞い落ちる紙紅葉の向こうで、娘が怪訝な顔をしている。

「きれいだね、おけいちゃん」

金魚はもう一度紙紅葉を集めて放り上げ、散る紅《くれない》の中でにっこりと微笑んだ。

「変な大人だ」

けいはじっと金魚を見た。

「あんたは変な子供だよ」

「違う。変じゃない」

けいは口を尖らせた。

「だったら、あたしも変じゃない」

金魚も唇を突き出す。

けいは、はっとした顔になり、

「ごめん」

と頭を下げた。

「おけいちゃん。入っていいかい?」

金魚は片手で紙紅葉を一掴みし、今度は小さく放り上げる。

「入っていい」

けいは言って座り、畳の上に置いた紅い紙を折り始める。金魚の唐紅の表紙紙である。

金魚は部屋に入ると、けいの横に座って手元を覗き込んだ。

きさは、金魚とけいを二人きりにした方がいいと判断したのだろう、静かに襖を閉めた。

唐紅の紙はその大きさから一枚が十六分割されているようだった。それが九つの山になってけいの前に積み上げられている。金魚は山の高さと紙の大きさからざっと計算した。持ち出された紙の半分弱はもう紙紅葉になってしまったようだ――。

けいは数枚の紙を取って二つ折りにし、器用に鋏で切っていく。けいの頭には葉っぱの細かいギザギザまで記憶されているらしく、鋭い刃先は正確にそれを再現して紙を切る。

　やがて、紅葉の半分の形が出来上がる。けいは、ふうっと息を吐いて半分の紅葉を開く。完全な形の紙紅葉ができた。

　金魚は畳に散っている紙紅葉を一枚取り上げ、今けいが切り終えたばかりのものを一枚取って、重ねてみた。ほとんどずれはなかった。

「見事なもんだねぇ。神さまもこうやって紅葉を作っているのかねぇ」

「紅葉は寒くなれば紅くなる。神さまは関係ない」

　けいは寄り目になりながら次の数枚を切る。

　金魚はくすっと笑った。

「そうだね。神さまは関係なかった」

「紅葉は寒くなれば紅くなる。風が吹けば――、たぶん散る。本物の紅葉が散るところを見たい」

「本物を見たことがないのかい？」

「本物の紅葉は庭に生えてる。だけど山にいっぱい生えているところは見たことがない。いっぱい生えている紅葉が風に吹かれてはらはらと散るところが見たい」

「紅葉狩りに連れてってもらえばいいじゃないか」

「あたしがこんなだから、行ったら絶対、迷子になる」

「それじゃあ、あたしと行こう。あたしはあんたがどこに行ったって、必ず見つけてあげる」

「本当か？」

けいはぱっと顔を輝かせて金魚を見た。

「本当だとも。じゃあ、指切り」

金魚は小指を出した。

けいはさっと両手を後ろに隠す。

「指を切られるのは嫌だ」

と怯えた顔をする。

「本当に切りやしないよ」

金魚は笑った。

「女郎は約束をする時、本当に指を切るんだろ？」

けいの言葉に金魚はぎょっとする。

「なんでそんなこと知ってるんだい？」

「うちに、元女郎だっていう女が来たことがある。その女が言ってた」

けいは言葉を切り、じっと金魚を見つめて再び口を開く。

「お前、元女郎だろう？　言葉の端々がその女に似ている」

「しっ！」金魚は慌てて唇の前に人差し指を立てた。

「おけいちゃん。そのことは誰にも言わないでくれないかい」

「知られたくないことなのか？」

けいは小首を傾げた。

「あんたが変な子供って言われるのが嫌なくらい」

「そうか。じゃあ言わない」

「ありがとうよ」

金魚はほっと胸を撫で下ろした。

「ところでお前、まだ名前を聞いていない。こっちの名前だけ知っているのはずるい」

「ああ。すまなかったね。鉢野金魚っていう」

「金魚！」けいは、けたけたと笑った。

「その名前、知ってる。お前、戯作者だろう」

「嬉しいね。読んでくれてるのかい？」

「読んでみたいって言ったら、母さまは子供が読むような本じゃないって言った。播磨屋で父さまに会った時に頼んだら、母さまと同じことを言われた」

「そうかい」金魚は苦笑した。

「あんたなら読んでも大丈夫そうだから、あとからこっそり持ってきてやるよ」

「今度、気が向いたら読んでやる」言ってけいはまた紙を切る。

「本当の名前は？」

「たえ。でも金魚と呼ばれる方が好きさ」

「じゃあ、金魚って呼ぼう」

言ったけいはなにか思い出したように、金魚の顔を見る。

「いっしょは金魚だけか？」

「ほかに誰を連れて行きたい？」

「母さまと兄さま。あたしがこんなだから、二人も紅葉狩りに行ったことがない」

「ああ――」金魚は得心して肯いた。

「だから紙紅葉を作ったのかい」

「おはなちゃんにこの紙を見せてもらった時、頭の中にぱっと火花が散った。これなら紅葉を作れるって。座敷に紅葉をいっぱい散らして、お弁当を食べるんだ」

「そうかい。おけいちゃんは母さまと兄さまが大好きなんだね」

金魚が言うと、けいは紙を切りながら、大きく何度も肯いた。

「あっ」けいは鋏の手を止めて金魚を見る。

「おはなちゃんは、はな。あたしはけいで、おけいちゃん。だったら金魚はお金魚ちゃんと呼ばなきゃならないか？」

けいの言葉に金魚は笑った。

「それじゃあ座りが悪いよ。金魚って呼び捨てでいいよ」

「いや。あたしがおけいちゃんと呼ばれてるんだから。じゃあ、金魚ちゃんだ」

「いいよ。おけいちゃんがそう呼びたいなら」

「そう呼ぶ」

けいは言葉を切り、じっと金魚を見つめて微笑み、ゆっくりと言った。

「金魚ちゃん」

「あいよ。おけいちゃん」

答えた金魚の脳裏に、一つの策が閃いた。

なんだか大人の嫌らしさが顔を出したような気がしたが、策としては抜群だと思った。

「ねぇ、おけいちゃん。本当に紅葉狩りをするんなら、紙紅葉はいらないよね」

「それだ」けいは難しい顔をする。

「金魚ちゃんが紅葉狩りへ連れて行ってくれると約束してくれた後からずっと考えてる。だけど、あたしが紙紅葉に切ってやらないと、この紙の山は、役立たずのまま捨てられてしまう」

「そうだね。だったら、全部切っておくれよ。そうだねぇ――、同じ大きさばかりじゃなくて、小さいのや中ぐらいのも。それを全部あたしにくれないかい？」

「金魚ちゃんのものが金魚ちゃんに返るんだね」

「え？」

金魚は眉をひそめた。

再び紙を切り出したけいは、金魚の方を見ずに言う。

「土間の方で父さまの声が聞こえた。祖父《じじ》さまの声も。若い男の声と、播磨屋の伊三郎おじさんの声もした。そして、鉢野金魚は今売り出し中の女戯作者。日頃ここに顔を出さない父さまをはじめ、大勢が雁首を揃えてやって来たのは、なにか大事が起こったから。これは、あたしが紙を盗んだことが分かったに違いないと思った。あたしが盗った紙は、たぶん金魚ちゃんの本の表紙紙だ」

「見事な推当だねぇ」

金魚は、舌を巻いて首を振る。

「それだけの推当ができるんなら、最初からばれると分かってたろう。抽斗の紙の山をきっちり同じ枚数に揃えたりしてさ」

「本当を言えば、変な奴がやったんだという手掛かりを残してやったんだ――。あたしは変な奴じゃないけど、大人たちはそう思ってる」

「自分がやったって印を残したってわけだね。まるで大盗賊のようなやり方じゃないか」

「そうか。大盗賊か」と一瞬嬉しそうな顔をしたけいであったが、すぐに顔を曇らせ、

「だけど、あたしがやったということが分かった後、あたしはどうすればいいかということがどうしても思いつかなかった。ずっとずっと考え続けて、金魚ちゃんと母さまが廊下を歩いて来た足音を聞いて焦った。あたしのやったことの始末はどうつけよ

うかって」

始末のつけかたは考えても、謝ろうとは思わなかったのか——。金魚は苦笑した。

すると、けいはその思いを読んだように、

「謝ってすむ話じゃないなら、謝っても無駄だろう」

と言った。

「そりゃあそうだね」

金魚はくすくすと笑う。

「でも、金魚ちゃんが上手く始末のつけかたを考えてくれたようだから、安心した。ありがとう」

「礼は言うんだ」

「この場合、礼を言っても無駄にはならない」

「そうだね——。それじゃあ、切るのを手伝おうか？」

金魚が訊くとけいは強く首を振った。

「手伝ってもらったら、あたしがあたしのやったことへの始末をつけたことにならない。市中引廻しのうえ獄門っていうお仕置きの、市中引廻しを誰かに代わってもらったっていう話は聞かない」

「違いない。それじゃあ紙紅葉は全部任せるよ」

「分かった。いつまでに切ればいい？」

「明後日《あさって》じゃどうだい？」

「分かった」

けいはそう言うと、紙を二枚取って、手早く小さい紙紅葉と中ぐらいの紙紅葉を切って、金魚に差し出した。

「そこに落ちているやつと合わせて三枚持って行け。父さまや播磨屋おじさんと打ち合わせをしなけりゃならないだろう。あたしは、橙《だいだい》がかった黄色が合うと思う」

「うん。あたしが考えてたのと同じだ。おけいちゃんとあたしは気が合うねぇ」

「あたしと金魚ちゃんは気が合う――。父さまから金魚ちゃんの話を聞いた時からそう思ってた」

けいは紙を切りながら唇だけでにっこりと笑う。

「ありがたいね。もう一人、気が合う人がいるよ」

金魚がそう言うと、けいは驚いたように顔を上げた。

「仙台にいる婆ぁだけどね。只野真葛っていうんだ。紙紅葉の表紙の本を、いの一番に届けたい人さ」

「その婆ぁ、会ってみたい」

けいは遠くを見つめる目になった。

「今度江戸に来たら、必ず引き合わせるよ」

「うん」

けいは強く肯いた。

「じゃあ、明後日、紙紅葉を取りに来るよ」

「任せとけ」

黙々と紙を切り続けるけいを残して、金魚は座敷を出た。

きさが廊下に座って袖で目元を覆っていた。

「おけいちゃんに仕事を頼んじまいましたが、構いませんよね？」

金魚の問いに、きさは嗚咽《おえつ》を漏らしながら頭を下げた。

「それじゃあ、男衆の方はあたしに任せとくんなさい。おかみさんは、おけいちゃんの側で見守っていてくださいな」

金魚は弾んだ足取りで土間へ向かった。


板敷に座っていた男衆は、浮かれたように歩いてくる金魚を、呆気にとられた顔で見ていた。

金魚は男たちの前に座ると、

「職人に表紙の切り絵を頼んできたよ」

と言った。けいの紙紅葉は後ろ手に隠している。

「職人？」

無念が片眉を上げた。

「切り絵ってなんの話だい」

伊三郎が言う。

「おけいが職人？」

板敷の隅っこに座っていた短右衛門が顔を上げた。

金魚はにっと笑って、板敷の上に大中小三枚の紙紅葉を置いた。

「あっ。この紙は！」

伊三郎が紙紅葉を取り上げる。

「これをおけいが切ったのかい？」

短右衛門は驚きの顔になる。

「葉脈を空摺りで浮き上がらせりゃあ、本物と見間違うぜ」

空摺りとは、絵具をつけずに版木だけで摺る方法で、模様がうっすらと品よく浮き上がる。

「播磨屋さん。地の色は山吹に橙を少し混ぜてくれって、二代目虎次郎さんに言っとくれ」

「その色の地に、この紙紅葉を散らして貼りつけるかい。こいつぁ綺麗な表紙になりそうだ」

伊三郎は言った。

「ということで一件落着。さぁ、帰ろう、帰ろう」

金魚は伊三郎から紙紅葉を受け取ると、懐紙に大切に挟み、土間に降りる。そして、立ち上がりかけていた短右衛門を振り返った。

「旦那。あんたは帰っちゃだめだよ。じっくり、おかみさんやおけいちゃんと話をしていきな」

「うむ……」

短右衛門は頭を掻きながら板敷に座り直した。

その時、奥から小刻みな足音がして、けいが板敷に駆けて来た。

「金魚ちゃん。これ」

板敷の端で立ち止まり、けいは緑色の紙紅葉を金魚に差し出した。

「金魚ちゃんだってよ」

無念が噴き出す。

「金魚ちゃんでなにが悪い」

金魚はきっと無念を睨んだ。

「なにが悪い！」

けいも無念に鋭い目を向ける。

「いや……すまねぇ……」

無念は草履を引っかけて、そそくさと土間を出た。

「それ」

けいは、金魚の掌に緑の紙紅葉を載せると、腰の煙草入れを指差した。

「その煙草入れを見て考えた。緑が一つ入ると、表紙がぐっと引き締まる」

「うん。そうだね」

金魚は思いついて懐紙に挟んだ唐紅の紙紅葉を出し、けいの手を取り、緑のそれと一緒に載せた。

「おけいちゃん。後ろに父さまがいる」金魚は、けいの斜め後ろに座っている短右衛門を顎で差す。

「今度のあたしの本の図案を話しておあげ」

けいは金魚に言われ、はっとした顔で後ろを振り向いた。自分の思いついた案に夢中になって、父がいることに気づかなかったようであった。

けいに気づいてもらえなかった短右衛門は情けない笑みを浮かべている。

「父さま！」

けいは短右衛門の前に飛んで行って紙紅葉を差し出し、表紙の案を得々と話し出す。

果たして短右衛門は上手く褒めてやれるかと心配ではあったが、あとは短右衛門の解決しなければならない問題である。何度も躓《つまず》きながらいい親子関係を築けばいい——。

金魚は無言で無念と長右衛門、伊三郎を促して外に出た。

外堀の方向へ歩きながら、無念が遠慮がちな口調で金魚に話しかけた。

「なぁ、金魚。紅葉狩り、どこへ行こうか」

どうやらあたしとけいに怒られたことを気にして、探りを入れているようだ――。

金魚はそう思いながらちらりと無念を振り返る。

「あたしゃ、もう先約ありだよ。男衆で行ってきな」

にやっと笑って小走りになる。

「先約って……。誰と行くつもりなんだよ」

無念は慌てた様子で金魚を追いかけた。

飛脚問屋の人足たちがそんな二人にからかいの言葉を投げたが、無念に喧嘩を売る余裕はなかった。

聞き書き薬楽堂《やくらくどう》波奈志《ばなし》

名月を盃《はい》に映して

一

満月が皓々と輝いて、中天に差しかかっていた。

浜町堀の畔、千鳥橋と汐見橋の間に店開きしていた屋台の蕎麦《そ ば》屋である。

読売の売れ行きが思いのほかよかったので、北野《きたの》貫兵衛《かんべえ》と又蔵《またぞう》は翌日の読売を摺り終えた後、一杯やっていた。

屋台脇に出された長床几《ながしょうぎ》に並んで腰掛け、間に置いた銚釐《ちろり》から手酌で猪口《ちょこ》に酒を注ぐ。

温めた酒が猪口の中で湯気を上げる。

口を寄せた貫兵衛の顔が止まった。

じっと猪口の中を見つめるので、貫兵衛は寄り目になった。

湯気の中に月が浮いていた。酒の上にゆらゆらと動きながら、湯気に霞んで。

風流だな――。

貫兵衛は一句捻りたくなった。

「名月を盃《はい》に映して――」

と呟くように言う。

「おっ。旦那は俳句もやるんですかい？」

又蔵がにやにやと笑いながら貫兵衛を覗き込んだ。

ところが、結句が出ない。

貫兵衛は「うーむ」と唸った。

唸っても、出ないものは出ない。

貫兵衛はすぐに諦めて、

「やめた」

と言い、月を浮かべた酒を一気に干した。

「なーんだ」

又蔵は言ったが、別にがっかりした様子はない。案の定と言いたげな横顔であった。

それからしばらく、二人はなにも言わず酒を啜った。銚釐が空になり、貫兵衛がお代わりを注文しようとすると、又蔵が「もうたくさんでござんす」と、かけ蕎麦を注文した。

「なんだ。もうしめるのか？」

貫兵衛は片眉を上げながら屋台の親爺にお代わりを命じる。

「明日がござんすからね。二日酔いで読売を売るのは辛うござんす」

「若いくせに二日酔いを恐れるか」

貫兵衛が言うと、又蔵は親爺が持って来た銚釐を受け取って、貫兵衛の猪口になみなみと酒を注いだ。

「年寄のくせに二日酔いを恐れないよりもましでござんすよ」

又蔵は屋台の前に立って、できたてのかけ蕎麦を啜り、「それじゃあ、明日」と言って汐見橋の方へ走って行った。

「だらしのない――」

貫兵衛は口から迎えに行って、酒を一口含んだ。ごくりと飲み下して、熱い物が喉元を落ちていく感触を味わう。

「名月を盃に映して――」

もう一度呟いてみるが、結句がどうしても出ない。

その時――。

背中がぞくりとした。

一陣の殺気である。

貫兵衛は何気ない様子を装い、屋台の親爺に「幾らだい?」と訊き、又蔵の蕎麦の代金も含めて支払った。

貫兵衛の住む橘町一丁目はすぐ横。家は路地を少し入った所であった。しかし貫兵衛は、ぶらりと屋台を離れて千鳥橋を渡り、元浜町へ歩く。

殺気は後を追って来る。

寝静まった町をゆっくりと歩きながら、追跡者の気配を探る。先ほどの殺気の主以外、ついて来る者はない。

一人ならなんとでもなるか――。

貫兵衛は横っ飛びに左の小路へ走る。そのまま速度を上げて路地から路地へ走り、長屋の木戸をひらりと越えて突っ切り、奥の総後架《そうこうか》の屋根によじ登ると、隣の長屋の敷地へ飛ぶ。

殺気を漲らせて追って来るのは何者か――？

心当たりは、ある。

貫兵衛は元駿河国池谷《いけがや》藩の御庭之者であった。藩は財政難のため、御庭之者らをお役御免とした。しかし、貫兵衛の上役上杉幸三郎《うえすぎこうざぶろう》はあの手この手を弄して国許に残った。

貫兵衛は職を求めて江戸に出て来たが、どうにも腹の虫がおさまらず、池谷藩に関する醜聞を暴露する本を書いた。

その件で、貫兵衛は上杉や池谷藩江戸家老らと一悶着あり、薬楽堂の面々が間に入って手打ちとなったのだが――。

上杉の野郎は、まだ恨みに思っているのかもしれねぇ――。

貫兵衛は走りながら思った。

あるいは、読売にあることないこと書かれた奴の中の誰かが恨んで、刺客を放ったか？

読売は、現代の新聞である。しかし、正しい記事ばかりを載せているわけではない。

面白おかしく話を盛り、時に捏造し、噂話や、まったくの創作まで載せた。売れればなんでもありだったのである。

だが、追って来る者の気配は、町のごろつきのものではない。日々鍛錬を怠らぬ者、武芸者か——、忍《しのび》の気配である。

読売は、御政道への批判も頻繁に書いたので、摘発されることも多い。あるいは、幕府の伊賀者かなにかに追われているのかと、ちらりと考えたが、目をつけられるような読売を書いた覚えはない。

又蔵は大丈夫だろうか——。

なんにしろ、読売が原因で追われているとすれば、又蔵の方にも手が回っているかもしれない。

貫兵衛は又蔵が住む堀留町二丁目の長屋へ向かうことに決めた。

長谷川町を飛び出して、人形町通りを右に曲がる。

前方を黒い影が横切った。

先回りされた——。

貫兵衛は新乗物町の通りに飛び込む。

くそっ。足の速い奴だ——。

町を突っ切ると、六十間堀の畔に出た。提灯がふらふらと近づいて来る。南の武家地に向かうのであろう、千鳥足の侍であった。

貫兵衛は音もなく侍に駆け寄った。

提灯の明かりの中に突然現れた男に驚いた侍は目を見開いて大きく口を開いた。

貫兵衛の拳が、侍の鳩尾《みぞおち》を打った。

侍は声もなく頽《くずお》れる。

貫兵衛は倒れた侍の側にしゃがみ込んでその腰の刀に手を掛けた。

風切り音。貫兵衛は横に転がる。

今までいた所に棒手裏剣が一本突き立った。

貫兵衛は素早く起きて、棒手裏剣を引き抜き、侍の腰から脇差を奪って、腰に差す。

地面に片膝をついたまま、貫兵衛は棒手裏剣を口にくわえ、逆手に脇差を抜いた。

次の攻撃はない。

しかし、強い気配が万橋の方から漂ってくる。又蔵の長屋のある堀留町の方角である。

すでに又蔵の方に手が回っていて、おれが助けに行くのを阻止しようとしているのか。あるいは敵は一人で、おれと又蔵が合流するのを邪魔しているのか――。

一気に勝負に出ようかとも思ったが、状況がはっきりする前に思い切った動きをするのは危険であると、貫兵衛は己の気持ちを抑えた。

貫兵衛は手裏剣をくわえ、脇差を逆手に持ったまま、親父橋へ走る。

橋を駆け渡りながら、ちらりと万橋の方へ目をやると、人影が猛烈な速度で渡って行くのが見えた。

小柄である。女か？　童か？

貫兵衛は橋の上で立ち止まる。

万橋の人影は橋を渡りきり、たもとの柳の陰に身を隠した。こちらの出方を見ている様子である。

堀留町へは敵の方が近い。貫兵衛がそちらに向かえば、道を塞がれる。

滅茶苦茶に町を走り、敵を振り切ってから又蔵の長屋へ向かうことも考えたが、敵はまかれたと気づけば、先回りするに決まっている。

又蔵と合流するのは諦めるしかない。

又蔵も元御庭之者。襲われたとしてもむざむざ殺されることはなかろう――。

では、敵が一人かどうかを確かめるか。一人であると分かったら、一気に攻める――。

貫兵衛は堀江町三丁目、小舟町三丁目を突っ切って、伊勢町堀に架かる荒布橋《あらめばし》を渡り、すぐに左に曲がって、江戸橋を走り抜けた。

素早く左の小路に飛び込んで、路地に置かれた荷車を足掛かりに、屋根へ上って瓦の上に身を潜める。脇差を、腰の背中側に差した鞘に収め、棒手裏剣を髷の髻《もとどり》に差す。

その目は江戸橋に注がれた。

小柄な人影が江戸橋に現れる。

しかし、橋の中ほどに来る前に、人影は立ち止まって身を低くして後ずさった。そして、河岸の家並みに身を隠した。

こちらの動きを読んでやがるぜ——。

貫兵衛は舌打ちした。

しかし、仲間がいないのならば、それほど用心深くする必要はない。

又蔵を襲った仲間が駆けつける手筈になっているにしても、今は一人——。

貫兵衛は屋根を飛び下りた。

そして江戸橋を駆け渡り、左の河岸へ飛び込む。

敵の姿はない。気配も消している。

貫兵衛は踵《きびす》を返し、伊勢町堀に沿って、堀が鉤型に曲がる所に架かる道浄橋へ走る。

再び気配が現れた。

左側の伊勢町、その屋根の上を人影が走っている。

貫兵衛は髻から棒手裏剣を抜いて放つ。

人影がさっと動き、金属音と共に火花が散った。敵は手裏剣を刀で打ち落としたのだ。

風切り音。

貫兵衛は前に飛び込み、数回前転して家の陰に隠れた。

数本の棒手裏剣が地面に突き立っていた。

屋根の上の人影は音もなく伊勢町の辻に舞い降りて、低く身構えた。手には短い刀が逆手に握られている。

女にしろ、童にしろ、手練《てだ》れだ——。

貫兵衛は飛び起きて右手の中之橋へ走る。

硬い音が連続して、欄干に手裏剣が突き立つ。

人影は真っ直ぐ道浄橋へ走る。それを渡れば目の前は堀留町一丁目。又蔵の住む二丁目は目と鼻の先。

「これだけ経っても仲間が現れねぇってことは、敵は一人だけってこった」

貫兵衛は中之橋を渡り、小舟町、堀江町を突っ切って万橋を渡り、左に曲がって六十間堀の畔を真っ直ぐ走った。真正面、丁字路の突き当たりは堀留町二丁目である。行く手を塞がれても、闘って又蔵の長屋へ走るつもりだった。

丁字路を曲がって人影が駆けて来る。

貫兵衛は腰の後ろの脇差を逆手に抜く。

双方、速度を落とさず相手に突っ込んだ。

眼前で人影が真上に飛んだ。

貫兵衛は前方に跳んで振り返り、敵との間合いを空ける。

空中で身を捻った敵は、着地した次の瞬間、貫兵衛に真正面から突っ込んできた。

貫兵衛は右に避《よ》けつつ脇差の峰で敵の刀を払う。

甲高い金属音。

貫兵衛と敵はすれ違い、間合いを空けて身を低く構える。

「女か――」

貫兵衛は鼻をうごめかせた。

どこかで嗅いだにおいであった。

「まだ分かりませぬか、総領」

人影が言った。

「あっ。お前、薊《あざみ》か！」

叫んだ貫兵衛に隙ができた。

至近距離から棒手裏剣が飛んで来た。

貫兵衛は咄嗟に避けたが、手裏剣の切っ先はその頬を薄く切り裂いた。

薊はかつて貫兵衛の配下であった。多くの御庭之者がお役御免となったが、数人が上杉の配下として残された。薊はその中の一人であった。

「なぜおれを狙う」

貫兵衛はぎりっと歯がみした。

薊とは闘いたくなかった。

以前配下であったから――。

遺恨がないから――。

というほかにも理由があった。

二

池谷藩の御庭之者の多くは日頃は近郷に住んで、田畑を耕していた。幾つかの組に分かれていて、数年に一度、一月《ひとつき》ほどの調練が入る。その後、諸国の情勢を探る旅に出るのだった。

御庭之者の家族は全て調練を受けた。密偵の仕事には、夫婦、あるいは親子連れである方が都合がいい場合も多かったからである。

貫兵衛はその組全てを支配する総領。薊は北ノ又組の組頭の娘であった。

調練を受ける女子供たちの中で、薊は群を抜いた身体能力をもっていた。だから、貫兵衛直属の組に入れられた。まだ十二の年だった。

組に入った時に小娘だった薊は、貫兵衛の娘役で頻繁に密偵の旅をした。

旅の間、貫兵衛は薊に、古典、漢詩、算術、手習いなどの手ほどきをした。

薊は物覚えもよく、同室になった旅人たちの話を聞きながら、諸国の歴史、情勢なども全て頭に入れた。

そして、十六の年には、仲間たちから『吉原の花魁《おいらん》にでも化けられる』と言われるほど、見目麗しく、賢い娘に育った。

その頃から、貫兵衛は薊を娘として旅に連れていくことをやめた。

なにやら自分の胸に名状しがたい感情がもやもやと渦巻き始めたからである。

それがなんであるのか、貫兵衛は薊を伴わない密偵の旅で気がついた。

自分は薊に懸想《けそう》してしまった――。

年は取っていたが、貫兵衛は独り身であり、北ノ又組の組頭は、言えば喜んで嫁にくれたであろうが、貫兵衛はその思いをひた隠しにした。

御庭之者の役目は危険を伴うものである。

他藩の情勢を探りに出て、正体がばれて斬り殺されることもあれば、捕らえられることもある。うまく逃げ出せればいいが、拷問を受けて仕える家中を問いただされることもある。ぎりぎりまでしらを切り通すが、耐えられないと思った場合、自決をする。

雇われ忍であれば、寝返ることもできるが、藩から禄を得る身分である。そんなことをすれば、一族郎党に累が及ぶ。

そして――。もし自分の身になにかあれば家族が悲しむ。薄給ではあったが、それが途切れることになれば、家族は路頭に迷う。

貫兵衛の両親はすでに亡かったが、妻帯すれば家族ができる。薊は同じ御庭之者であるのだから、自分が死んでも食い扶持は稼げるが、悲しまれるのは同じである。

なにより、親子ほどに年の違う薊が、こちらをどう思っているのか確かめることが怖くて口に出せなかった。

　そして貫兵衛はお役御免になり、国を後にしたのである。

「上杉さまの差し金か？」

　手打ちは済んだはずだが、池谷藩に関する醜聞を暴露する本の一件を未だに根に持って、薊を差し向けたということは、十分に考えられた。

「違います」

　薊は一気に間合いを詰めて、貫兵衛に斬りかかった。

　貫兵衛は刃を合わせず、後ろに跳んで身構える。

「ならば、なぜ？」

　薊はじりじりと間合いを詰める。

　常夜灯がその姿を照らした。黒装束に黒覆面。覆面の隙間から、若い女の涼しげな目元だけがのぞいていた。

「総領と互角に渡り合う力があれば、逃げ切れると思いまして」

　常夜灯の明かりで、薊の目がぎらりと光った。

「逃げ切れる——？　誰から？」

　貫兵衛はじりりっと間合いを詰める。

「上杉さまから」

　薊は後ずさって間合いを空ける。

「なぜ？」

「下らぬ理由でございます」

薊はふっと笑った。貫兵衛には自嘲の笑みに見えた。

「お前の腕ならば、上杉さまの配下には負けぬ――。なぁ、刀を引かぬか」

「ならば、先に刀をお引きなさいませ」

「お前が殺気を放っているうちは、刀は引けぬ」

近くで按摩の笛の音が聞こえた。

貫兵衛と薊は跳躍し、道を挟んだ商家の軒の上に身を隠す。

小路の角を曲がって来た按摩は、殺気に気づきもせず、杖を突きながらゆっくりと二人の眼下を歩いて行く。

按摩が通り過ぎると薊が軒から飛び下りた。地面を蹴って、貫兵衛のいる軒に跳び上がる。

按摩が足を止め、小首を傾げて、

「どなたかいらっしゃいますか？」

と訊いた。

薊が発した微かな音を聞き取ったのである。

薊と貫兵衛は無言のまま軒の上で対峙する。

薊は貫兵衛を見つめながら迷っていた。

わたしはなにをしているのだ――?

本当に総領を倒すつもりなのか――?

貫兵衛が藩の大事を書いた本を出したらしいという一件に絡んで、池谷藩の御庭之者はその住まいを突き止めていた。その後、手は出さぬようにとの命令が下り、そのままになっていたが、薊は時々、貫兵衛の動静を探っていた。

薊は隣藩の江戸屋敷に女中として入り込み、内情を探る役目を与えられていたが、用事で外に出る時に、短い時間ではあったが、貫兵衛を尾行したり家を見張ったりしていたのである。

これから先、また藩に迷惑のかかる行動をとりかねないから――。

そう己に言い訳をしていたが、本心は自分でもよく分からなかった。なにやら名状しがたい情動が体の奥底から湧き上がって、薊を突き動かしていたのである。

自分が貫兵衛に対して特別な思いを抱いているらしいと気づいたのは、一緒に密偵の旅をしなくなってからであった。

胸の中に空虚な隙間が空いてしまったような感覚が続いた。それがいったいなんなのか分からずに、薊はしばらくの間戸惑いの日々を過ごした。

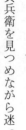

戸惑いはいつしか消えたが、それは微かな胸の痛みに変じていつまでも残った。

そうするうちに貫兵衛はお役御免となり、江戸に出た。

胸の痛みが強くなり、薊は再び戸惑いの日々を過ごすことになる。

そこに、隣藩の江戸屋敷に潜入する役目を言い渡された。

その時の胸の高鳴りを薊は今でも忘れていない。正体の分からない甘いときめきが、今までの胸の痛みを駆逐したのである。

そのときめきの奥底に、貫兵衛の近くへ行けるという思いがあったことに気づいていたが、そのさらに奥にある気持ちにまで考えは及ばなかった。

御庭之者の家の娘たちは、忍の調練を受けるが、体力的な問題で次々と脱落していった。薊は男たちの中で調練を受け続けることになり、同世代の娘たちとの交流は、ほとんど断絶した。

愛や恋などという話題から切り離された生活が、自分の心の中に巣くうものの正体を見抜けなかった理由であった。

それでも、隣藩の江戸屋敷に女中として入り、同じ年頃の女中たちと話をするうちに、ぼんやりと分かるようになってきた。

もしかするとわたしは総領に懸想しているのではないか――？

しかし総領とは親子ほども年が離れている。そんなはずはない――。

薊はそれ以上自分の心の中を探ろうとはしなかった。

それでも、理由の分からない衝動には抗《あらが》いきれず、貫兵衛を探る行動を続けていたのである。


「気のせいであったかのぉ」

按摩はもう一度首を傾げると歩き去った。

二十間（約三六メートル）ほど先で、「按摩さーん」と小女が声をかける。

按摩は「へーい」と返事をして杖をせわしなく動かし、声の方へ早足に進む。

小女が駆けて来て按摩の手を引き、商家の中に消えた。

薊が口を開いた。

「総領が屋台を離れた後、そのままお宅の方へお戻りになれば、わたしもまた、そのまま旅に出ました」

「なんの話だ。訳が分からぬ」

貫兵衛は困惑して首を振る。

「総領は、今は読売屋でございましょう。読売屋は殺気など気にはいたしますまい――、ということでございます」

「ますます訳が分からぬ――」

「総領は未だに御庭之者の気持ちをお捨てでは御座らぬようですね」

小さな溜息が聞こえた。

「もう御庭之者ではない」

「お気持ちの話でございます。御庭之者のお気持ちをもっておいでなければ、そのままお帰りになればよかったのでございます」

薊が軒を走る。

貫兵衛は飛び下りた。

薊が追う。

貫兵衛は手裏剣の攻撃を防ぐため、道をじぐざぐに走る。

薊が速度を上げて間を詰める。

貫兵衛は背後の殺気が膨れあがるのを感じた。

薊は渾身の力を込めて刀を突き出す。

貫兵衛は地を蹴って高く跳ぶ。

その下を薊が駆け抜ける。

貫兵衛は着地する。

「後ろをとったぞ」

貫兵衛が言った瞬間、薊はくるりと向きを変えて、貫兵衛に斬り込む。

貫兵衛は振り下ろされた刃を脇差で弾く。

弾き返した刃が、下から貫兵衛を斬り上げる。

貫兵衛は身を仰《の》け反らせてそれを避ける。

薊の足が、体勢を崩した貫兵衛の脚を払う。

貫兵衛は後方に一回転し、足を地に着けざま、膝をばねにして薊に頭から突っ込んだ。

薊は馬跳びの要領で攻撃を避ける。

「今度はこっちが後《あと》をとりました」

薊は貫兵衛の背中に斬りかかる。

貫兵衛は姿勢を低くしてくるりと振り返ると、振り下ろされた刀の下に潜り込み、薊の両手を摑む。

貫兵衛の足が薊の腹を蹴った。

同時に貫兵衛は薊の腕をぐいと引く。

巴投げである。

薊の体は綺麗に円を描き、仰向けに倒れた。

貫兵衛はその上に飛び乗り、膝で薊の動きを制すと、脇差の切っ先を喉元に突きつけた。

二人の視線が絡み合った。

薊の目からふっと力が抜けた。

「そのへんになせぇ」

上の方から声が降ってきた。

貫兵衛は薊の上から飛び退き、頭上からの攻撃を警戒する。

薊は飛び起きて、右手に刀を持ち替え、左手で棒手裏剣を構えた。

二人の視線の先、商家の屋根には、座り込む人影があった。

「又蔵か！」

貫兵衛と薊は同時に叫んだ。

薊は手裏剣を放とうとする。

「おっと、おれは関係ねぇだろう。どちらにも味方するつもりはねぇぜ」

又蔵は顔の前で両手を振った。

「お前、なぜそこにいる？」

薊は貫兵衛を警戒しながら、手裏剣で又蔵を牽制しつつ訊いた。

「お前ぇ、橘町の辻に身を潜めて、じっとこっちを見てたろう？」

又蔵の言葉に、貫兵衛ははっとした。

「いつからだ？」

「おれたちが飲み始めた時にはすでにいやしたよ。妙な殺気が漂ってきたんでなにげなく見たら、薊がいたんでござんす」

「気がつかなかった……」

貫兵衛は愕然として言った。

「おれが気づいたことに薊は気づかなかったから、迂闊《うかつ》さはどっこいでござんすね」

又蔵はくすくすと笑う。

薊は舌打ちした。

「気がついていたのならば、なぜ総領に知らせなかった?」

「ばかだねぇ」又蔵は呆れたように首を振る。

「お前ぇの邪魔をしねぇようにだろうが。わざとらしく殺気なんか放って気づいてもらおうとしてるから、おれはてっきり、なにか大事なことを話しに、やっと貫兵衛さんのところに行くのかと思ったんだよ。ところが貫兵衛さんは、おれが帰ってから殺気に気がつき、本気で誰かに狙われてると思って、家とは逆の方向へ歩いて行っちまった。『あらあら』と追っかけたら、二人が斬り合いを始めたんで、こいつは面白ぇと思って高みの見物をさせてもらってた」

又蔵はにやにやと笑う。

「お前まで訳の分からんことを――」

貫兵衛は吐き捨てるように言った。

「本当に分からねぇんですかい? 鈍いお人だ」

又蔵はゆっくりと首を振る。

「鈍いとはなんだ!」

貫兵衛は怒鳴って足を踏み鳴らす。

「まぁまぁ」と言って又蔵は薊に顔を向ける。

「貫兵衛さん――、いやさ、総領は、おれが引き上げるまでお前ぇの殺気に気づかなかった。焼きが回ってるのさ。もう御庭之者であった頃の総領じゃねぇ。だから薊、お前の用件を言ってやれよ」

しばらくの間、又蔵と薊は睨み合っていた。

そして――、薊は「ふん」と言って刀を鞘に戻す。

「わたしの用件は、自身の腕を試すことだった。もう用は済んだ」

言うと薊はくるりと踵を返す。

「待てよ」又蔵は薊に声をかける。

「一つ分からねぇことがある。お前ぇ、なんで上杉さまのところから逃げようとしてるんでぇ」

それは貫兵衛も知りたいことだった。

薊は立ち止まった。

「上杉さまに妾になれと言われた」

貫兵衛は、背中に冷水を浴びせられたような感覚を覚えたが、一瞬でそれは消え、体から力が抜けていった。

上杉さまが薊を妾に求めた――。

薊はそれを断り、逃げようとしている――。

薊は、あえて意識することを避けていたのだが、江戸を離れる前に貫兵衛に会う方法を探していた。

そして己を納得させるために考えついたのが、貫兵衛と闘うという方法であった。総領と闘い、勝つことができれば、たとえ上杉が追っ手を差し向けても、生き延びるだけの腕があると確認できる――。

それが己に対する愚かな言い訳であることには気づかなかった。

総領が勘も腕も鈍っていることが分かったら、闘わずに江戸を離れよう――。せめて江戸を離れる最後に、貫兵衛を身近に感じたい。もし闘いに敗れて死ぬことになったとしても、貫兵衛に斬られるなら本望。そういう思いは心の底の底に押し込められていた。

貫兵衛との闘いは、薊が自分の本心を明確に意識できなかったために選択した愚かな手段であった。

「そうかい。お前を妾になぁ」又蔵は笑う。

「お前ぇがなにを考えたのか、だいたいの察しはつくが――。だったら、もっと別のやり方もあっただろうによ。不器用な女だぜ」

「余計なお世話だ」

薊は走り出す。その後ろ姿はすぐに闇の中に紛れ込んだ。

「まぁ、そういうことで」又蔵は立ち上がる。

「女も不器用。男も不器用。見てる方がやきもきしまさぁ」

又蔵は屋根の向こう側に消えた。

「又蔵！」

呼んだが、返事はなかった。

貫兵衛は脇差を鞘に戻し、道に放り投げた。

「薊も又蔵も——、訳が分からん」

貫兵衛はぼそりと呟くと、浜町堀の方へ歩き出した。

元浜町の辺りまで戻ると、浜町堀の向こう側に、まだ蕎麦屋の屋台の提灯《ちょうちん》が灯っているのが見えた。

貫兵衛は千鳥橋を渡り、屋台の長床几に腰を下ろした。

「あれ、さっきの旦那じゃござんせんか」屋台の奥から親爺が顔を出す。

「申しわけござんせんが、もう火を落としちまいやした」

「冷やでいいから一杯くれないか」

貫兵衛が言う。

「へい。それなら――」

親爺は大きめの湯飲みに酒を注いで、貫兵衛に手渡した。

貫兵衛は湯飲みに口を近づけた。

酒に満月が浮かんでいる。さきほどよりも右側に寄って、湯飲みの縁が邪魔になり一部が欠けている。

貫兵衛は湯飲みを動かしたり、顔を動かしたりして月を真ん中にもってこようとしたが、駄目だった。

「名月を盃に映して――」

貫兵衛はぽつんと呟く。

そして――、結句を思いついた。

貫兵衛はぐいっと酒を干す。

「名月を盃に映して、別れ酒」

貫兵衛はほぉっと長い溜息をついた。

無念無惨　師走《しわす》のお施餓鬼《せがき》

一

金魚《きんとと》は薬楽堂《やくらくどう》の薄暗い通り土間を出た。

朝方まで降った雪は、中庭を真っ白に染めていた。空は灰色で、まだちらりちらりと細かい雪が舞っている。

師走には少し間があったが、今年の初雪は二寸（約六センチ）ほど積もった。

通り土間の出口から長右衛門《ちょうえもん》の離れまで、雪の上に踏み固めた一筋の道ができていた。

黒地に南天の図柄の綿入れを着た金魚は、束の間考えてから、道を外れた新雪の上に足を踏み出す。少し歩いて後ろを振り向いた。

雪の上に〝二の字〟の跡がついていることを期待したのであるが、いかんせん下駄の歯の高さより雪の方が深い。綺麗な二の字にはなっていなかった。

金魚は口を尖らせて鼻から白い息を吹き出す。そして、ひょいと道に移ってそのまま小走りに離れに向かった。

沓脱石《くつぬぎいし》に黒塗りで紅い鼻緒の下駄を脱ぐと、「入るよ」と声をかけて障子を開けた。

青絵の火鉢を挟んで無念《むねん》と長右衛門が座っていた。

「寒い、寒い」

金魚は火鉢に飛びついて手を焙る。

「それで、なんだい？　松吉《まつきち》に呼びに来させるくらいだから、よっぽど急ぎの話なんだろうね」

と金魚は長右衛門に顔を向けた。

「いいことを思いついたのよ」

長右衛門はにやりと笑う。

「どうせまた、ろくでもないことなんだろ」

金魚は帯に差した煙草入れを抜く。

真っ白い縮緬《ちりめん》の叺《かます》の真ん中辺りに、紅い珊瑚玉が二つ。その下に桃色の珊瑚玉が一つ――。雪の中の兎という見立てである。

煙管筒《きせるづつ》は象牙で、竃猫《かまどねこ》――、温もりの残る竃の上で眠る猫を彫り込んだものである。筒から銀延《ぎんのべ》煙管を出して煙草を詰めると、金魚は火鉢の炭火で吸いつけた。

「素人戯作試合《しろうとげさくじあい》だよ」

「戯作試合？」金魚は片眉を上げる。

「なんだい、そりゃあ」

と煙を吐き出した。

「戯作を読んでいるうちに書きたくなる――。お前《め》ぇや無念も、戯作の書き始めってのはそうだろう？　だから、そういう奴は世の中にごまんといるはずだ」

「そうだろうね」

金魚はちらりと無念を見た。金魚が入って来た時から、むっつりとした顔で黙り込み、じっと炭火を見つめている。

「戯作者になりてぇ素人の草稿を集めて試合をするのよ」

素人戯作試合――、現代の文学新人賞のようなものを長右衛門は始めようと考えたのである。

「試合して勝った奴の戯作を本にするってのかい?」

「そういうことさ」

「素人の戯作なんて面白いはずないじゃないか。ねぇ、無念」

金魚は話を無念に振ってみる。

無念ははっとした顔で金魚を見て、

「なんだって?」

と聞き返す。

どうやら、なにか心に引っ掛かっていることがあるようだね――。

「素人の戯作なんて面白いはずないって言ったんだよ」

「ばか。お前ぇだってついこないだまで素人だったろうが。お前ぇの持ち込んだ草稿を、おれたちが認めたから本が出たってことを忘れるな」

口調はいつものとおりである。

あたしに対して不機嫌になってるわけじゃないね——。

「忘れてなんかいないさ。だけど、あたしのような天骨《てんこつ》（天才）があっちこっちに転がってるわきゃないだろう。無駄むだ」

金魚は顔の前で手を振る。

「しょってやがるぜ」

表情も普段どおりになって、無念は舌打ちした。

たいした悩み事じゃなさそうだね。これならずばりと訊いても大丈夫かな——。

「無念。なんか気に掛かってることがあるのかい？」

金魚に訊かれて、無念はぎょっとした顔になる。

「なんにもねぇよ。そんなこと」

慌てた口調である。微かに頑なな表情も見て取れる。

うーん。しつこく訊いても答えそうにないね——。

いつもならばからかいも含めてもっと突っ込んでいくところであったが、金魚も少しずつ成長している。ここは一旦引いて、様子を見る方がいいと判断した。

「そうかい。それじゃあ、話を戻すよ」と金魚は長右衛門に向き直った。

「たとえば引札《ひきふだ》をばらまいて、素人戯作試合をするって宣伝しときゃあ、話題にはなるし、試合に勝った奴の本も売れるだろう。だけど、最初の期待が大きいだけに、『つまらねぇ本だ』となっちゃあ、その噂が広がるのも速い。ぱたっと売れなくなっちまうのは、経験済みだろ」

金魚の言葉に無念は渋い顔になった。

引札まで出して店頭に並べた無念の本は、惨敗とはいわないまでも、増刷まではまだ遠い道程であった。

無念が渋い顔をしてぷいっとそっぽを向いた。

「手を入れて売れるような本にするさ」長右衛門は余裕の表情である。

「それに、売れなかった時の手も考えてある」

「ほう。聞かせてもらおうじゃないか」

「植字《うえじ》にするのさ」

植字とは、活字のことである。

江戸時代の活字は木に彫った木活字《もくかつじ》であった。

活版印刷は十五世紀にグーテンベルクが実用化した。鋳型で鋳造した活字で聖書を刷ったのであるが、活字印刷は中国や朝鮮ではそれ以前から使われてきたものである。

活字は、複数の本の製版に使い回せるから経済的である。そして、製版は木枠に活字を並べていくだけなので、版を作るのに時間がかからない。

しかし、一度刷れば版はばらしてしまうので、増刷をする時にはまた一から組み直さなければならないという手間がかかる。また、一つ一つの木活字は職人の手彫りであるから精度の差が大きく、摺り師泣かせであった。

木版による製版は、一頁ずつ木を彫っていかなければならず最初は手間も時間もかかるが、一度彫れば版が擦り切れるまで使い続けることができる。増刷したい時には、保存してある版木を引っ張り出せばいつでも摺れる。だから、江戸時代の主流は木版による製版になったのである。植字版は、本は出したいが先立つものが心細いというものがごくまれに私家版として用いる程度であった。

「植字なんかもうどこの地本屋、書物屋でも使ってねぇだろう」

「へへっ。それが狙い目の一つさ。あちこちの本屋を回って、蔵に眠っていた植字をごっそりもらってきたんだよ。すでにある植字を使うから彫り師の手間賃も浮くって寸法さ」

「一回摺ればばらすだろう。増刷はなしかい？」

「植字版の本は、百、二百部限定ってのがお決まりだ。かえってそれが好都合。部数限定で摺って売り切るのさ。庶民は限定品に弱いからね。残り何冊って張り紙で煽ってやりゃあ、買うつもりもねぇ奴まで思わず手に取る。売れ残ることはねぇだろうよ。部数が少ねぇから奉行所のお調べもねぇ。際どい話だって出せる。いいことずくめさ」

「漢語の本なら植字もありだろうが、ひらがなはどうするんだよ。くずし字や続け字なんかは？」

「かっちりした字で作るんだよ」

「いろは四十七文字を一組《ひとくみ》作るだけじゃすまないだろうが。かえって金がかかるよ」

どうやらそれがこの案の弱点だったようで、長右衛門は少し言いよどみ、

「素人戯作試合を何回も続けりゃあ元はとれるさ」

とそっぽを向いた。

「何回も続くって保証はあるのかい？」

「やってみなけりゃ、分からねぇだろう」

長右衛門はむきになって言った。

「何回も使うかどうか分からないいろはの植字に大枚をはたくつもりかい？」

「商売は博打《ばくち》なんだよ！」

「まぁ、植字にするかどうかについちゃあ、後からもう一度考えたらどうだい？」

彫り師にも摺り師にも嫌われ、粗末な仕上がりになる植字版は、まず実現不可能だと金魚は思った。しかし、今は言っても無駄だと思い話題を変えた。

「一生懸命こっちが手を入れてやって面白い本になって売れたとしよう。だけど、次が続くかねぇ。まずは書けるかどうかだ。二冊目はできるだけ間を空けずに出したいだろ？　書くのを待って、時をかけて手を入れてなんてしてりゃあ、時機を逃しちまう」

「勝ちが決まった時から書かせるさ。ねたは貫兵衛が集めてるものから出してやれる」

「それに――」無念が口を挟んだ。

「文を読みゃあ、たいがい、書き続けられそうな奴かどうかは分かるぜ」

「読み違いだってあるだろう」

「そうやって失敗することばかり考えてればなんにもできねぇよ」

「そうやって、ばかな男は勢いだけで勝負しようとする」

「なんだとぅ！」

無念と長右衛門が顔を突き出す。

「失敗することを考えて善後策まで用意しとかなきゃ後で泣くことになるんだよ。ほれほれ、お前さんたちは、つい最近まで泣いてたんじゃないのかい？」

金魚は煙管で二人の鼻をつついた。

無念と長右衛門は唸って顔を引っ込めた。

「予想以上に、ごっちゃりと草稿が集まったらどうする？　葛籠《つづら》に溢れるようなものを持って来て『これで一作でござんす』なんて言う奴らがぞろぞろ来たら？」

「半紙で何枚とか制限するさ」長右衛門は金魚の逆襲を予想して、慌てて付け加える。

「米粒みてぇな字で書かれても困るから、一枚の行数と一行の字数も制限する」

「逆に、まったく集まらなかったらどうするんだい？　あるいは、みんな駄作だったら？」

金魚が訊くと、長右衛門は意味ありげににやりと笑った。

「まず、みんな駄作だったらっていう問いに答えようかい——。箸にも棒にもかからねぇものだけ集まったら、試合は勝負無し。そうすることによって、素人戯作試合はかなり難しいんだってことが知れ渡る。次の試合には、もう少しましな草稿が集まるだろう。ちょっと使えそうなものが来たら、おれや無念、お前ぇが朱を入れて、本にできる草稿に仕立て上げる」

「なんであたしが他人《ひと》さまの草稿を直してやらなきゃならないのさ。居候代のかわりに無念にやらせりゃあいいだろう」

「うむ——。まぁ、お前ぇが入るか入らないかの話は後に回すことにして、まったく集まらなかったらどうするかって問いに答えよう」

「大旦那は賞金を出すなんてぬかしやがる」

無念が言った。

「賞金？」金魚は眉をひそめた。

「こっちが朱を入れてやるってのに、入銀《にゅうぎん》をさせるんじゃなく、金をくれてやろうってのかい？」

入銀とは、出版に際して著者に求める金銭のことである。江戸時代には出版費用の折半や写本料（原稿料）の値引きなど、著者に負担を求めることが多かった。本屋は実入りの少ない商売であり、本を卸して手に入る実利は本代の二割程度。写本料を本で支払うこともあり、現代の出版事情よりもかなり著者に厳しいものであった。

「本代の五分、掛けることの発行部数だ。こっちの儲けは一割五分。売れ行きを見ながら、二巻目については入銀をさせるかどうか決める」

長右衛門は言った。

「まったく売れなかったら？」

「お前ぇは戯作者に向かねぇって引導を渡すさ」

「夢を見させといてばっさり切って捨てるってのは、酷《むご》くないかい」

金魚は顔をしかめた。

「仕方がねぇだろう。面白い本を書けねぇ奴が悪い」

「まぁ、勝手にやっとくれ」金魚は煙管を筒に仕舞い、帯に挟んだ。

「あたしは誰かに恨まれることに手を貸すのはごめんだよ」

「恨まれるとは限らねぇじゃねぇか。売れに売れて、千部《せんぶ》振舞《ぶるまい》ができるかもしれねぇぜ」

千部振舞とは、本が千部売れた時のお祝いである。当時、本が千部売れればベストセラーであり、祝いの宴を開いた。

「なんで男ってのは、物事をいいようにしか考えないのかね」

「おれまで一緒にするんじゃねぇよ」

無念が言う。

「お前ぇは居候代がわりに、朱入れを手伝うんだ」長右衛門は無念の袖を引っ張る。

「逃がさねぇぞ」

その姿を見ながら金魚は苦笑して立ち上がる。

「千部振舞するような奴ってのはすなわち、あたしの商売敵じゃないか。そんな奴に手を貸すつもりはないよ。なんにしろ、あたしは素人戯作試合なんてものにゃあ助《す》けないからね」

金魚は障子を開けて沓脱石の下駄に足を入れた。

二

師走に入ってすぐ。〈素人戯作試合〉の引札が江戸市中にばらまかれた。作品募集の締め切りは、翌年の夏七月。試合の勝者の発表が九月で、本が出るのは翌々年の正月。

まぁ夏まではまだまだ間があるとたかをくくっていた長右衛門であったが、引札を出した翌日には数人の応募者が薬楽堂を訪れた。大店の若旦那や、旗本の部屋住《へやずみ》が、暇に飽かして書き溜めた戯作を持って来たのである。

長右衛門は柳行李《やなぎごうり》を用意して〈素人戯作試合〉と書いた紙を貼り応募作を収めた。溜まってから少しずつ読もうと考えたが、一日に四人、五人と応募者がやって来て、あっという間に行李は一杯になった。

無念に下読みを頼もうとしたが、「おれが頼まれたのは朱入れだ」と断られた。

仕方なく、長右衛門は一人で下読みを始めた。

最初の二、三頁を読んでものにならないと判断できる草稿が多かった。

長右衛門はあと一つ行李を用意して朱で×を書いた紙を貼り、次々に箸にも棒にもかからない草稿を放り込んでいった。

よさそうな草稿は後で丁寧に読むために、まとめて書棚に重ねた。

師走の十三日。

書棚の草稿が十作ほど溜まったので、長右衛門は朱筆を手にそれを読み始めた。

読み込みを始めて二日目の朝であった。

「おう。試合の方はどうでぇ」

無念が離れの縁側に腰掛けて声をかけた。

「今のところ、よさそうなのは十作ばかりだな。お前ぇも手伝え」

長右衛門は草稿に書き込みを入れながら答える。

「どうせ出だしだけ読んで振り分けたんだろうが。戯作を読み慣れてる奴は最初が肝心だって知ってやがるから、きっと出だしはしっかり書いてるよ」

「最初の頃のお前ぇがそうだったなぁ」

長右衛門は顔を上げてにやりとした。

「そうよ。だから、最後まで読まなきゃ、真価は分からねぇよ。まぁ、大旦那が最後まで読んでいいと思ったのが十作くれぇ溜まったら手伝ってやるよ」

「今、舟野《ふなの》親玉《おやだま》って筆名の奴のを読んでるんだが、こいつが滅法面白ぇ」

「フナノオヤダマ？」

「小舟の舟に野原の野。オヤダマはそのまま親玉さ――。だが、舟はきっと魚の鮒だぜ」

「なんでぇ。金魚の向こうを張ってやがるのかい」

金魚は鮒を改良して作った飼養変種である。その鮒の親玉だから、金魚の上を行く――。そういう筆名だと長右衛門も無念も推当《おしあ》てたのである。

「怪談噺でさぁ。こいつは再来年の正月まで引っ張るより、来年の夏に出してぇな」

「そんなに面白ぇかい」

無念は濡れ縁に座ったまま首を伸ばし、長右衛門の手元を覗き込む。

「ほれ。お前ぇが朱を入れてみなよ」

長右衛門は草稿を差し出す。

「おっと。その手にゃあ乗らねぇよ」無念は首を引っ込める。

「おれは二、三日留守にするって言いに来たんだ」

「お前ぇ――」長右衛門は眉をひそめる。

「毎年、この頃になると二、三日留守にするってどこかに出かけるが、いってぇどこに行ってるんだ？」

「一年の厄を祓いに出かけるんだよ」無念は長右衛門から目を逸らすようにして立ち上がる

「じゃあな。帰って来たら舟野親玉の草稿、読ませてもらうよ」

無念は懐手をして通り土間へ走って行った。

その日の昼頃。金魚がふらりと長右衛門の離れを訪れた。酒屋の貸し出し用の角樽を抱え、

「陣中見舞いだよ」

と座敷に上がる。

「おお、ありがてぇな」

長右衛門は今日届けられた草稿を文机ごと脇にどけると、茶櫃《ちゃびつ》の中から煎茶用の小さい茶碗を二つ取り出して、金魚と自分の前に置いた。

「草稿はどれだけ集まったんだい？」

金魚は〈素人戯作試合〉の紙と×印の紙が貼られた行李を見る。

「六十作にちょいと足りねぇくれぇかな」

長右衛門は二つの茶碗に角樽から酒を注いだ。

「使い物になりそうなのは？」

「十作くれぇだよ」

「六分の一なら上々じゃないかい」

「まぁ最初をちょろっと読んだだけの判断だがな。読み込もうと思ったら、昨日、今日でまた増えちまった――。どうだ手伝わねぇか？」

「嫌だって言ったろう」金魚は顔をしかめる。

「それでもまぁ気の毒だと思ったから陣中見舞いに来たんだよ。無念も一緒になって下読みをしてると思ってたが――。無念はどうしたんだい？」

「ほれ、去年も今頃ふらりと出かけて二、三日現れなかったろう。あれだよ」

「ふーん」

金魚は去年の今頃のことを思い返した。確かに無念は二日ほどどこかへ出かけていた。

特に気にもしなかったが――。そういえばその前後、ここ二、三日の無念のように、少し塞いだような様子があった気がする。

「どこに行ったんだろうね」

「さぁな。一年の厄を祓いに行くとかなんとか言ってたがな」

「厄を祓うんなら、寺とか神社に行って祈祷してもらやぁすむ話。二、三日も留守にするってのは妙だね」

金魚は茶碗を手に取り、酒を啜る。

「板橋とか深川とか品川辺りに行ってるんじゃねぇのかい」

長右衛門は嫌らしく笑った。

「神社仏閣に詣でた後に、生身の弁天さんを拝むかい」金魚は戯《ふざ》けたように手を合わせてけたたけたと笑った。

「ありそうな話だね――。だけど、なんで今頃なんだろう」

「年も押し詰まれば忙しくなるからだろうさ」

「でも、去年も今年も、どこかに出かける前後にゃあ、なんだか塞いでたよ」

「そうかい？　おれは気がつかなかったな」

「去年は気にしなかったけど、今年はなんだか気になって、あたしがなんか気に障ることを言ったんじゃないかと思ってさ」

「お前ぇが気に障ることを言うのはいっつもじゃねぇか」

「だけど、ちょっと探りを入れてみたけど、あたしが原因じゃないようだった」

「冬場になると塞ぎ込む奴はいるもんだ。だからこの時期の厄祓いじゃねぇのかい。ほっとけ、ほっとけ――。酒ばっかりじゃ寂しいからなにか肴を探してくる」

長右衛門は「よっこらしょ」と立ち上がり、台所へ向かった。

一人になった金魚は、無念のことを考える。

毎年、同じ頃に塞ぎ込むってのは、過去のこの時期にあったなにかが心に引っ掛かっているのか――。

毎年同じ時期に来て、塞ぎ込む原因になりそうなものといやぁ——。

「誰かの命日か」

金魚は呟いた。

しかしそれなら、墓参りをすれば終わり。法事があったにしても、二日、三日かかることはない。

「墓は遠くにあるのかね」

と口にした時、長右衛門が鉢を持って戻って来た。

「こんなものしかなかったぜ。今、みねとはまに適当に肴を作ってくれって頼んできたが、昼から酒をくらうのかって怒られた」

長右衛門は座って大根の漬け物の鉢を置いた。

「ねぇ大旦那。無念はどこの生まれだい？」

金魚は漬け物を摘《つま》んで口に運び、ぽりぽりと噛んだ。

「なんでぇ。まだ気にしてるのかい。さては無念に惚れたかい」

長右衛門はにやにや笑う。

「ばか言ってるんじゃないよ。金はない。戯作もあたしより下手っぴ。そんな男のどこに惚れるってのさ。惚れてりゃあ、とっくに本人から生国だの生い立ちだの訊いてるよ」

「そりゃあ、そうだな。無念の生まれは江戸だよ——。お前ぇほんとに無念から聞いてなかったのか？」

長右衛門は不思議そうな顔をする。

「興味がなかったから訊きもしなかったし、向こうも言わなかった」

訊かなかったというのは本当だったが、興味がなかったというのは嘘である。

金魚は吉原で起きた絵師の行方不明事件に関わった時に、無念に自分の前身が女郎であったことを知られた。

しかし、無念の過去を訊くことはなかった。

もし話しても構わないようなものであれば、こちらの秘密を知った段階でそうしているはず。話さないのはそれなりの理由があってのことだと思い、あえて訊かなかったのだ。

「奴の生い立ちも聞くか？」

「聞いとくよ。無念がどこへ行ったのかの推当の材料になるかもしれない」

「無念はあれでも御家人の家に生まれた」

「へぇ、侍だったかい」

金魚は目を丸くした。

「侍っていっても無役で貧乏暮らし。無念は三男で、生まれてすぐに知り合いの商人の家に養子に出された。子がなかったから跡継ぎにってことだったが、一、二年しておかみさんが身籠もって、男の子を産んだ」

「面倒なことになったね」

「それでも約束だからってんで、無念はその商家の跡取りとして育てられたが、十五歳の時に使用人がひそひそ話をしているのを聞いちまって、自分がその家の実子じゃないことを知った」

「それで、実子の弟に悪いって思って家を出たかい」

「そういうこった。それからは日雇い仕事で食いつないだ。無念が二十歳の時、口入屋の紹介でうちに来た。うちはその頃、貸本屋をやってくれる奴を探してたんだ。無念は戯作の面白さにはまっちまって、得意先を回る時にゃあ貸し物の本を読みながら歩いた」

「なんだい。小さい頃から戯作を読んでたってんじゃないんだ」

「お前ぇだって似たようなもんじゃないのか」

「まぁ、そうだけどね——。それで、『この程度ならおれだって書ける』って思っちまったんだろ?」

「そのとおり」長右衛門は後ろの行李に目をやる。

「こいつらのほとんどがその口さ。まぁそういう思い上がりがあってこそ、面白ぇ戯作者が生まれてくるんだがな」

「で、無念は読み始めてどのくらいで思い上がったんだい?」

金魚はくすくす笑う。

「一年だよ」長右衛門も笑いながら答えた。

「ある時、居酒屋で一緒に飲むことがあって、その時、無念はおれに絡みやがった。『おれだったらもっと面白いものを書ける』ってな。で、おれは『そんなら書いてみやがれ』って返した。そしたら奴は『仕事が忙しくて書いている暇はねぇ』ってぬかしやがる。『だったら、一月《ひとつき》食っていける金をやるから書け』って言ってやった。どうせ書けやしねぇだろうから、音を上げたら貸本屋も首にしてやろうと思った」

「ところが、面白いものを書いて持って来たってておちかい」

「そういうことだ。それ以来、売り上げは今ひとつだが、面白ぇ戯作を書き続けている。たいていの戯作者は本業と二足の草鞋《わらじ》だが、無念はああいう奴だからどこかに奉公するなんてできやしねぇ。日雇いじゃあ書く暇を見つけられねぇ。だが、戯作者一本じゃあ食い扶持は稼げても、長屋の家賃まではおぼつかねぇ。ってことでうちに居候してるってわけさ」

金魚が薬楽堂に出入りするようになった頃は、無念が家賃を浮かせるために薬楽堂に居着いているとなんの疑いも感じずに思い込んでいた。

しかし――。何度か無念の出版の様子を見て、その写本料（原稿料）ならば長屋暮らしはもちろん、貸家に住むこともできそうだと気づいた。こっそり長右衛門にそのことを言うと『飲む、打つ、買うは男の甲斐性。写本料なんざぁ、あっという間に煙になるさ』と答えた。それは甲斐性なしの男の言い分であったが、そういう男たちを大勢知っている金魚はすぐに納得してしまったのである。

「ふーん。なるほどね。で、無念の本名は？」

「それも聞いてなかったのか？　お前ぇ、ここに初めて来た時に、無念の戯作が大好きだって言ってたじゃねぇか」

「本人には興味がないって言ったろう。あたしが大好きなのは無念の戯作さ。戯作者と戯作はまったくの別物。そう考えとかなきゃ、大好きな戯作の作者に会った瞬間、幻滅して本の方まで嫌いになっちまうってことになりかねないよ」

「違いねぇ。勇猛果敢な英雄を書いてる戯作者が、あんなだらしねぇ奴だって知りゃあ、がっかりするわなぁ」

「身なりをちゃんとすりゃあ、そこそこの見栄えなんだから、きちっとした着物を着なって言ってやっておくれよ――。で、無念の本名は？」

「進藤重三郎《しんどうじゅうざぶろう》。養子に入ってからは、ジュウザブロウじゃあ重々し過ぎるってんでシゲサブロウと呼ばれてた」

「家は？」

「進藤家は下谷の仲御徒町」

「親父さんの名は？」

「進藤又右衛門《またえもん》。まだ存命かどうかは分からねぇ。二人の兄貴の名前は知らねぇ」

「養子に入った先は？」

「駒込の片町。油問屋の菱田屋《ひしだや》だ。お前ぇ家まで行ってみるつもりか？」

長右衛門は眉をひそめた。

「そんなことをすりゃあ、無念に迷惑がかかるだろ。こっそりと周りを探るだけだよ」

金魚は素っ気なく言って立ち上がる。

「今から行くつもりか？」

長右衛門は漬け物を口に放り込む。

「無念の居所、気にならないかい？」

「気にならねぇわけじゃねぇけどよ。居場所を知られたくねぇから言わずに出かけてるんじゃねぇか。そっとしておいてやれよ」

「知られたくないような恥ずかしいことだったら、知らないふりをしてやるさ」

金魚は濡れ縁に出る。微かな胸騒ぎが金魚をせっついていた。

台所の方からみねが盆を持って歩いて来た。

「あれ、金魚さん。もうお帰りですか？　せっかく卵を焼いて来たのに」

「あっ。いいにおいだねぇ」金魚は盆の上の皿から卵焼きを一つ摘むと頬張った。

「美味い！　さすがおみねちゃん。味付けが絶品だ」

金魚はみねの肩をぽんと叩くと、沓脱石の下駄をつっかけた。

三

金魚は薬楽堂を出ると、近くの菓子屋に入り、日持ちのする干菓子を買って風呂敷に包んでもらい、進藤家のある仲御徒町へ向かった。

仲御徒町は、薬楽堂のある通油町から北へ半里（約二キロ）あまりであった。

北側の下谷町は町人地であるが、東は旗本や御家人の住居が密集する広い武家地である。さらに東には大きな大名屋敷が建ち並んでいた。

金魚はまず上野町一丁目の茶店の長床几《ながしょうぎ》に腰を下ろした。すぐに注文をとりに来た小女に、

「あんた、東っ側《かわ》の仲御徒町に詳しいかい？」

と訊く。

小女は金魚が長床几に置いた風呂敷包みを見て、

「お使いを頼まれたんですか？」

と訊き返しながら長床几に煙草盆を置いた。

「そうなんだよ」金魚は溜息をつく。

「引き受けたはいいが、あの辺りはお武家さんの家がごっちゃり固まってるだろ。どの家なのか皆目分からなくてさ」

「それなら、道案内にうってつけの人がいますよ」

「教えておくれよ」

「御用聞《ごようきき》の辰五郎《たつごろう》さん」

「目明かしは駄目だよ」

金魚は首を振った。御用聞、目明かしは、お上から十手捕縄を預かる者たちのことをいう。

「違うちがう。お武家さんの家を回って御用を聞くの。それでお使いをしたり、買い物をしたりして、お駄賃をもらっているのよ」

「ああ、そういう御用聞かい。それで、その辰五郎さんにはどこへ行けば会える？」

「そうねぇ」小女は空を見上げて目を細め、太陽の位置を確認した。

「いつもなら、そろそろ一服しに現れる頃ね。団子四本にお茶二杯ってところかしら」

それを食べ終わる頃には現れると言っているのである。

「商売が上手いねぇ。それじゃあまず、団子四本とお茶を一杯おくれ」

「まいどありー」

小女はにっこりと笑って奥へ引っ込んだ。

金魚が団子四本を平らげ、お代わりの茶を飲んでいるところに藍染めの法被《はっぴ》を着た若い男が現れた。小女が金魚に駆け寄り、「来たわよ」と言って、今度は若い男――、辰五郎の方へ駆けて行った。

　辰五郎は小女の話を聞きながら金魚の方を見て小さく会釈した。金魚も会釈を返す。

　辰五郎は金魚の長床几に歩み寄り、隣に座る。

「仲御徒町の誰かの家を探してるって？」

「御家人の進藤又右衛門さまのお宅」

「進藤又右衛門さまねぇ――」

　辰五郎は腕組みをして考え込む。

　小女は「いつものやつでいいわね」と辰五郎に言って奥へ小走りに引っ込んだ。

　金魚は煙管を出して煙草盆を取り、煙草を吸いつけた。辰五郎も腰差しの煙草入れを帯から抜き、竹の煙管筒から竹羅宇《らお》の煙管を取り出し、ざっくりと織られた麻の煙草入れから刻みを摘んだ。

「進藤又右衛門さまねぇ――」

　もう一度言いながら、拝むように片手を挙げて煙草盆を取り、煙管を吸いつけた。

「仲御徒町に進藤又右衛門さまって方は住んでねぇな」

　と辰五郎は煙を吐き出した。

「そんなはずはないよ」

「そんなはずないって言われてもな」

　辰五郎が困った顔をする。

小女が饅頭を二つ載せた皿と茶を一杯、そっと辰五郎のわきに置いて、店へ戻って行った。

「あんたが御用を頼まれてないだけじゃないのかい？」

「仲御徒町のお武家の家は毎日挨拶に行く。御用を頼まれなくってもな。だけど、進藤又右衛門さまって人はいねぇな」

「もしかすると代替わりしているかも」

「代替わりしていても、先代の名前だってしっかり覚えてるぜ。あんたに用事を頼んだ人が勘違いしてるんじゃねぇのかい？」

長右衛門は年寄だが、耄碌《もうろく》はしていない。

しかし、長右衛門の話は無念が子供の頃のものだ。それも無念からの伝聞だろう。とすれば、無念が養子に出されてから進藤家になにかあったのかもしれない。

「改易《かいえき》にでもなったかな……」

改易とは、所領や屋敷、家禄を召し上げられる武家に対する刑罰である。

「だとしても、そりゃあだいぶ前の話になるぜ。おれは十年近く御用聞をしてる」

辰五郎は疑うような表情で金魚の顔を覗き込んだ。

「古い友だちに届けて欲しいって頼まれたのさ」

金魚は風呂敷包みをぽんぽんと叩いた。

「ああ、そうかい――。十年以上前の仲御徒町のことだったら、詳しい人がいるぜ」

「教えておくれよ。届け物ができなかったとしても、進藤又右衛門さんの消息くらいは伝えなきゃならないからね」

「そりゃあそうだな。詳しい人ってのは、貸本屋の万吉《まんきち》さんだ」

「なるほど。貸本屋かい。どこへ行きゃあ会える？」

「家はすぐそこの上野町一丁目さ。最近はすぐに疲れるって、昼前しか仕事をしねぇから、長屋へ行きゃあいるかもしれねぇ。行ってみようぜ」

辰五郎は饅頭を二つ、一気に平らげると茶で流し込んだ。財布を取り出そうとするのを金魚がとめる。

「ここはあたしが払うよ」

「てやんでぇ。これしきのことで饅頭を馳走になっちゃあ男が廃るぜ」

辰五郎は長床几に代金を置くと立ち上がる。

金魚は小女を手招きして一朱を盆の上に置いた。

「世話になったね。助かったよ」

と言って辰五郎を追う。

背後からとびきり元気な「まいどありがとうございました！」という小女の声が金魚を見送った。

貸本屋の万吉の長屋は、道を挟んだ向かい側、上野町一丁目の小路の奥にあった。

下手くそな字で〈貸本　万吉〉と書かれた腰高障子の前に立ち、辰五郎は、

「万吉さん。いるかい？　お客を連れて来たぜ」

と言った。

中から「おう。入《へ》ぇれ」と声が返り、辰五郎は障子を開ける。

一間の四畳半に掻巻を敷いて寝転がった老人が、ごろりと横を向いて金魚と辰五郎を見た。その背後には貸本が納められているらしい大きな風呂敷包みがあった。

「この人が万吉さんだ。おれは仕事に戻るぜ」

辰五郎はにっこりとすると、金魚の肩を叩いて小路を走って行った。

「おれになんの用でぇ。お嬢さん」

万吉は掻巻の上に座る。

「お嬢さんとは嬉しいねぇ」

金魚は三和土《たたき》に入って障子を閉め、板敷に腰を下ろした。

「あたしゃ、たえってもんだけど――」

金魚は本名の方を名乗った。相手は貸本屋である。薬楽堂の本を扱っている者ではなかったが、貸本屋ならば鉢野金魚を知っているはず。筆名を名乗っては、色々と詮索されるだろうと考えたのであった。

「知り合いから仲御徒町の進藤又右衛門さまに届け物をしてくれって頼まれてさぁ。

茶店の小女から辰五郎さんを紹介されたんだけど、ここ十年仲御徒町を回ってるが、そういう名前の人は住んでねぇって言う。それ以前のことを知ってるのは万吉さんだってんで、連れて来てもらったんだよ」

「なるほど。進藤又右衛門さまか。辰五郎が知らねぇのも無理はねぇ。十二、三年前に死んじまったよ」

「亡くなってたのかい……。奥方さまやお子さまは？」

「みんな一緒さ」

「流行病《はやりやまい》かなにかで？」

「ってことになってる」

「一家全員が？『ってことになってる』ってどういう意味だい？」

「本当は餓死《かつえじに》か凍死《こごえじに》じゃねぇかって話だった。真面目一方で要領の悪いお方で、だいぶ困窮してたからな。だがお上は御家人がそんな死に方をしたんじゃ外聞が悪い。親戚筋も、なんでそうなるまで助けずに放って置いたのかって世間さまから後ろ指を差されるってんで、流行病で死んだってことにしたらしい」

「そうだったのかい……」

金魚は唇を噛んだ。無念は、親兄弟がそんな死に方をしたと知っているのだろうか
――？

「ちょうど今頃だったかな。たまたま遺骸を運び出すところに出くわしちまった。戸

板に載せられてどこかに運ばれて行ったが、みんな痩せこけてさ。気の毒な姿だった」

ちょうど今頃——。だったら無念がこの時期に姿を消すのは、家族の死に関係があるのかもしれない、と金魚は思った。

「養子に出された三男だけが生き延びたようだな」

「その三男は進藤家を継がなかったのかい？　体面を気にする親戚なら三男を連れ戻して継がせそうなもんだけど」

「さて、そこまでは分からねぇな」

「分かった。ありがとうよ」

金魚は腰を上げる。

「その届け物、どうするんだい？」

万吉は気の毒そうな顔をして、金魚が胸のところに持つ風呂敷包みを見た。

「三男が駒込片町の菱田屋さんに養子に入ったってことは知ってるんだ。その三男に渡すよ」

「ああ、そうかい。そりゃあいい」

万吉は何度も肯いた。

駒込片町は、上野町から不忍池の脇を通りおよそ半里（約二キロ）。菱田屋はその界隈でも結構大きな油問屋であった。大きな紺の暖簾に田の字を斜めにした菱形が染め抜かれている。

金魚は直接菱田屋を訪ねることなく、近くの小間物屋に入った。

扱っているものは安物だったが、ちょいと凝った形の簪《かんざし》や、丁寧な塗りの櫛が棚に並んでいる。人の良さそうな中年の主が笑顔で「いらっしゃいませ」と言った。

金魚はこれなら家で使えそうだと思った黒塗りの櫛を選び、主の側まで歩く。

「ちょいとお伺いしたいんでございますが」

金魚は櫛を持ったまま言った。櫛を買う素振りを見せれば、相手の口も軽くなるだろうという作戦である。大したことを聞けなければ、棚に戻して帰ればいい。

「へい。なんでございましょう？」

「実は、わたくし通油町のさるお店に奉公しているんでございますが、つい先日、主の跡取り息子が大川で溺れたんでございます」

「あれ。それは大変なことで」

主は眉をひそめる。

「あわやというところを、飛び込んで助けてくれた方がいたんでございます」

「それはようございました」

主は胸に手を置いてほっとした顔をした。

「年の頃なら二十七、八。背が高くて眉毛の太い、目の大きな、ちょいといい男で。ところが名前も告げずに去ってしまったんでございますよ。近くにいた野次馬の一人が、菱田屋さんの重三郎《しげさぶろう》さんに似ているって言ったんで――」

金魚がそう言った時、主の顔が曇った。

そこで金魚は声をひそめ、

「そうなんでございますよ。重三郎さんはなにやら訳ありだって話を聞いて」金魚は左腕に抱えた風呂敷包みを上下に小さく揺らす。

「直接ご挨拶に行ったもんかどうかと悩みましてね。それでご近所さまに様子をうかがってからと思いまして」

「なるほど。そういうことでございますか――。重三郎さんがそういいことをなさったと聞いて、正直ほっといたしましたよ」

「なにがあったんでございます？　ここだけの話ってことでお聞かせ願えませんか」

「もう十年以上前のことになりますが、突然お侍さんが何人か来て、重三郎さんを返せ返さぬで大騒ぎになったんでございます」

「お侍さんが――」

長右衛門の話によれば、自分が実子でないことを知って家を出たということだったが。どうやら進藤家が絡んでいるようだね――。

「そうなんでございますよ。なんでも重三郎さんはお武家のお子で、菱田屋さんに養子に入ったとかで。ところが実家の方が断絶の危機で、どうしても重三郎さんに帰って欲しいという話だったようで」

「それで、重三郎さんは実家の方に？」

「いえいえ。やってきたお侍さんたちは親戚の方々だったようですが、重三郎さんの実家が困窮しているのを見て見ぬふりをして、一家を餓死させてしまったらしいんです」

「酷い話でございますね……」

金魚は顔を歪めて見せた。

「ところがそのままお家が断絶したんでは、親戚はなにをやっていたって言われるから世間体が悪いっていうんで重三郎さんを連れ戻しに来たらしいんでございます。菱田屋さんは、そんな奴らに重三郎さんを返すわけにはいかないと、頑として首を横に振ったのでございます」

「お侍たちは正直に、重三郎さんの本当の家族が死んだ理由を話したんでございますか？」

「とんでもない。病死だと偽ったそうでございます。しかし、そのお侍さんたちが来る前に、重三郎さんの養子入りを仲立ちしてくれた人が来て、餓死のことを知らせてくれていたんだそうで。一言相談してくれればと泣きながら話してくれたそうでございます。お侍さんたちが正直に話してくれたなら考えもするが、自分たちの体面を繕うために重三郎を連れて行こうなんて許せねぇって、菱田屋さんは大激怒」

「怒って当然でございますね」

「お侍たちも餓死のことがばれてからは、自分たちに相談してくれればこんなことにはならなかったと言って、菱田屋さんも少し態度が柔らかくなったんだそうですが、一人がぽろっと借金を断ったことを喋って」

「あちゃあ。菱田屋さんは大爆発でございますね」

「塩持って来い！　ってね。お侍さんたちを追い返したそうで――。それで重三郎さんが養子であったことがばれて。実子の弟さんは重四郎《しげしろう》って名前にして、養子であることが重三郎さんに知られないようにって育ててきたことも水の泡」

「菱田屋さんは重三郎さんを跡取りにしようとしていたんですか」

「はい。どちらも大切な子供なんだから実子か養子かなんて関係ない。兄貴の方が跡を継いで当然だって仰ってました――。でも重三郎さんの気持ちが収まらなかった。自分さえいなければ、重四郎さんが菱田屋を継げる。だけど、あんな親戚とつき合わなければならないのなら、実家を継ぎたくはない。それで出奔なさったんだそうで」

　主の目には涙が浮かんでいた。

「そういうことがあったんでございますか――。それで、重三郎さんは今どちらにお住まいかご存じありませんか？」

「さて――」と考え込んだ主は、すぐに顔を上げて、ぽんと手を叩いた。

「それこそ通油町でございますよ。そこのなんとかいう地本屋に貸本屋として雇われたって聞きました」

「なんだ。あたしが奉公しているお店と同じ町じゃござんせんか――。菱田屋さんはそれをご存じで？」

「はい。旦那から聞きましたから――。重三郎さんは自分で仕事を決めて、しっかりと暮らしているようだから、そっとしておこうと思うって仰っていました」

「そうでございますか。それでは、通油町の地本屋を訪ね歩いてみます」

「あの辺りは地本屋が多うございますから、ご苦労なさいますよ」

「なに。主の子の恩人でございますから、苦労とは思いませんよ――。それじゃあ、これを下さいな」

金魚は櫛を差し出した。

四

金魚は急ぎ足で帰路を辿る。

頭の中で聞き込みをしたことを整理した。

長右衛門が言っていた『無念が十五歳の時に、自分は実子ではないと聞いて家を出た』という話は嘘じゃなかったが、無念は親戚の話を省いたようだ。

無念は生まれてすぐ菱田屋の養子となった。

十五歳の年の今頃の季節に実家の家族が餓死した。

親戚が家を継がせようとしたが、無念は出奔し、姿を消した。

五年間日雇いで暮らし、二十歳で薬楽堂の雇われ貸本屋になった。

そして二十一歳で戯作者になり、現在に至るか――。

無念がこの時期にどこへ行っているかの手掛かりは、今のところ、実の家族の餓死だけだね――。

どこかで命日の弔いをしているのか？

死に様が酷いから、命日が近づくたびに気が塞ぐのも分からないじゃないが、なにか違う気がする。

「さて。次はどこを当たろうかね」

金魚は、ほとんど雪が溶けてしまった昌平坂を、着物の裾をたくし上げて小走りに下る。眼下には神田川に架かる昌平橋が見えた。

すでに日は西に傾いている。回れる場所は限られている。

「友だちにならなにか話しているかもしれないか」

と金魚は思い当たった。

無念はあまり友だちが多い方ではない。すぐに思いつくのは戯作者の織田野武長《おだのたけなが》。筆名である。読み方を変えれば〈おだの　ぶなが〉。織田信長のもじりである。

本名は加藤権三郎《かとうごんざぶろう》といい、尾張藩士であった。以前から無念の知り合いであったが、金魚の戯作、【尾張屋敷　強請《いたぶ》りの裏】の元になった事件でさらに親交を深めた。

武長は定府の勤番侍。江戸に来て六、七年になるはずであった。江戸武具奉行の下で働いているのだが、藩主の登城の供をするわけでもないから暇つぶしに戯作を書いている。

武長の住まいは市ヶ谷の尾張徳川家上屋敷侍長屋。昌平橋から市ヶ谷まではおよそ一里（約四キロ）ほどである。

しかし、今から市ヶ谷へ行けば、今日回れるのは武長のところだけになってしまう。なにか効率のいい聞き込み方法はないかと考えながら、昌平橋を渡る。

「そうか。〈ひょっとこ屋〉だ」

金魚は小走りで橋を渡りきった。

武長は、加藤権三郎としての友だちよりも戯作者織田野武長としての友だちが多く、仲間との会話を求めて〈ひょっとこ屋〉に通っている。

〈ひょっとこ屋〉は、ここからおよそ十三町（約一・四キロ）。伊勢町堀の堀留近く、雲母橋《きらず》北詰めの伊勢町河岸にある。店は日本橋北、内神田から両国、浜町辺りに住む戯作者たちの溜まり場になっていた。市ヶ谷まで行って武長一人から話を聞くよりもずっと効率よく、無念の友だちの話を聞ける。

金魚は火除地の広場を斜めに横断し、日本橋へ続く大通りを走った。室町三丁目で左の浮世小路へ曲がった。小路を真っ直ぐ行けば、すぐに伊勢町河岸。〈ひょっとこ屋〉の暖簾が見えた。

「ごめんなさいよ」

金魚は暖簾をたくし上げて店の中を見た。

外はまだ夕刻の明るさが残っていたが、天井から吊るされた八方行灯《あんどん》には灯が入っていた。その下に五つ六つ並べられた長床几に腰掛けて、二十人ほどの男たちが夕餉をとったり酒を飲んだりしていた。近隣の商人や職人たちである。

お目当ての戯作者たちは奥の小上がりに、六、七人、ぎゅうぎゅう詰めになって酒を舐めている。いずれも不景気な顔であった。

その中の一人が金魚の姿を見つけて、頭の上に腕を伸ばし手招きした。

「おーい。金魚姐《ねえ》さん」

金魚はいつの間にか戯作者仲間から〈金魚姐さん〉と呼ばれるようになっていた。

「こっち、こっち」

すぐ近くの日本橋室町一丁目の呉服屋の若旦那であった。筆名を下駄《げた》出《で》何歩《なんぽ》という。同時代の高名な文人、大田《おおた》南畝《なんぽ》のもじりであったが、その筆名と同様に下らない戯作しか書かない。出版費用の八割を入銀して本を出しているのだが、不思議なことに金魚が最初の数行で放り投げてしまうような戯作でも、そこそこ売れ行きはいいらしい。

その横に織田野武長が座っていて、金魚に会釈した。むさ苦しい格好の戯作者たちの中で、若旦那の何歩と、侍の武長だけがきっちりとした服装で、月代《さかやき》も髭も綺麗に剃っていた。

金魚は武長に会釈を返し、小上がりに歩み寄って端っこに腰を下ろした。

「金魚姐さん」店主の弥次郎《やじろう》が厨房から顔を出す。

「細魚《さより》と鰤《ぶり》が入ぇってるが、どっちがいい?」

「すまないねぇ。今日はちょいと急いでるんだよ。熱燗だけおくれ」

「あいよ」

弥次郎は言って顔を引っ込め、すぐに小女のみよが銚釐《ちろり》と猪口を盆に載せて金魚の元に運んだ。

「なんだい。金魚姐さんは執筆で忙しいかい」

何歩が言う。

「早書きのあたしがそんなことで忙しいわきゃないだろう」

戯作者たちは「おおっ」と声を上げる。「あやかりたい、あやかりたい」と金魚に手を合わせる者もいた。

「ちょいとね、うちの大旦那に頼まれて無念を探してるのさ」

言って、金魚は戯作者たちの表情を観察する。

「無念?さぁ、見てねぇな」

戯作者の一人が言う。

「いつもなら、今頃顔を出すんだが」

「珍しいこともあるもんだ」

どうやら誰も無念の行方を知らないようであるが――。金魚は静かに猪口を口に運ぶ武長が気になった。

「そう言やぁ無念の奴、毎年今頃二、三日姿を見せなくなるな」

何歩が言うと、あちこちから声が上がった。

「そうだっけ？」

「うん。確かにそうだ」

「どこへ行ってるんだ？」

「岡場所にでもしけこんでるんじゃぁねぇのか」

「二、三日も居続けできるほど金をもっちゃいるめぇ」

下卑た笑いが巻き起こり、以後、岡場所での武勇伝の披露が始まった。

大人しく飲んでいるのは武長ばかりである。

金魚は戯作者たちの艶笑話《えんしょうばなし》を聞きながら酒を啜る。

「金魚。飲んだら家へ帰るのか？」

突然、武長が訊いた。戯作者仲間では無念と武長だけは呼び捨てであった。

「一旦、薬楽堂へ戻るよ」

「ならば、一緒に参ろう。長右衛門どのに用事がある」

武長の表情は硬い。おそらく仲間のいないところで無念の話をするつもりなのだと金魚は察した。薬楽堂から本を出していない武長が長右衛門に用があるわけはない。猥談に熱が入ってきた戯作者仲間たちはそんなことに気づきもしない。

「そうかい」

金魚は近くの戯作者に銚釐の盆を押しやった。

「おっ。金魚姐さんの奢りだぞ！」

盆を掲げてその戯作者が言うと、仲間たちは「おおっ」と歓喜の声を上げる。

「おれは、金魚姐さんが口をつけた猪口が欲しい！」

「いや、それはおれのものだ！」

小上がりは大騒ぎになる。

金魚の猪口の争奪戦を掻き分けて、武長は小上がりを下りた。

金魚と武長は、お盆を抱えてしかめっつらを小上がりに向けているみよに代金を払い、外に出た。

暮れた伊勢町堀の畔を歩きながら武長が言う。

「無念を探していると言ったが、急用か？」

「大旦那がまたばかなことを始めてね。それの相談をしたいらしい」

「急ぎか？」

「今日明日には目鼻をつけなきゃならない」

金魚は嘘をついた。

「そうか――」武長は溜息をつく。

「無念には、誰にも話してくれるなと言われていたのだがな」

武長は言い辛そうに言葉を切る。

そこまで喋ったからには、もう話すしかない。金魚はゆっくりと歩きながら、武長の次の言葉を待った。

「無念は家族の弔いをしている」

「やっぱりかい」

その言葉に武長は驚いたように金魚を見た。

「推当てたのか？」

「駆けずり回って調べたら、家族の酷い死に方に行き着いた」

「なるほど――。話を聞いて無念の親戚に腹が立ったが、しかし、侍にはそういうところがある。ともかく体面が大事――。ほとほと嫌になったが捨てることもできぬ」

武長は苦い顔になる。

「それで、弔いはどこでやってるんだい？」

「場所は浅草の方としか言わなかったが、慈念坊英舜《じねんぼうえいしゅん》という修験者《すげんざ》の手ほどきを受けてお籠もりをするのだそうだ」

「慈念坊英舜――。聞いたことないねぇ」

「浅草というから、本山修験とか羽黒修験の者ではなかろうか」

浅草御蔵近くの新旅篭町の側には本山修験、羽黒修験の道場があった。

「うん。そうかもしれないね」

「なぁ、金魚――」武長は立ち止まって言う。

「人にはいくら親しくとも、他人に知られたくないことがある」

「心当たりはあるよ」

金魚は言った。

「家族が無惨に死んでいったというのに、自分だけのほほんと生きていることは、無念にとって大きな恥なのであろうよ」

「うん……」

「お前ならば、すぐに無念の居場所を見つけるだろう。だから、お前に話すことにしたのだ」

「どういう意味だい?」

「お籠もりの場を探り当て、そこから無念を引き戻すことは、つまり、無念の過去を薬楽堂の者たちの前に晒すということになる」

「そういうことになるね……」

「だから金魚。急ぎの用であろうが、無念が戻って来るまで待ってやってくれぬか。そして素知らぬ顔を通して欲しい」

「……」

金魚はどう返事をしていいのか分からなくなった。最初は無念が心配で始めた聞き込みであった。それが、いつのまにか謎解きの楽しみに夢中になっていたような気がする。

急ぎの用というのは嘘なのだし、武長の言うとおり、無念の行方を探すのはここまでにしておいた方がいいのかもしれない。

「そうだね……。そっとしておくのがいいね」

金魚は言った。

「分かってくれるか」武長は強く肯いた。

「長右衛門どのは本当のことを聞かせなければ納得しまいから、話すのは仕方がないとして、上手く口止めをしてくれよ」

「あんたはなにも言わなかった。あたしはなにも聞かなかったし、大旦那になにも言わなかった。大旦那もあたしからなにも聞いていないから、誰にも言いようがない――ってことだね」

「そうだ。よろしく頼むぞ――。長右衛門どのに会う用は別の日に回したということで、わたしは〈ひょっとこ屋〉へ戻る」

武長は踵を返した。

金魚は薬楽堂への道を急いだ。

金魚から報告を受けた長右衛門は、口を真一文字に引き結んで、

「そういうことだったかい。気の毒なこった……」

とだけ言った。目に溜まった涙が、行灯に照らされてきらりと光った。

「ってことで、無念探しはこれでお終《しま》いってことにするよ」

濡れ縁に座った金魚は煙管の灰を捨てながら訊いた。

「そうだな」長右衛門は鼻水を啜り、朱筆を持つ。

「おれはなにも聞かなかった。お前ぇは早く帰ぇって寝ろ」

「そうするよ」

金魚は煙管を筒にしまい、帯に挟むと立ち上がった。

五

このお籠もりを始めてもう何年になるだろう。戯作者になった年からだからもう七年になるだろうか。

無念は闇の中で思った。

あの頃、ここは廃寺となったばかりで、建物にはたいした傷みもなかった。しかし

数年経った今、障子は全て破れ、床板も軋んでいる。境内には細い若木が何本も生えていた。

そのわりに、水垢離《みずごり》をとった井戸水が臭くなかったのは、修験者らが手入れをしているからだろうか――。

慈念坊英舜との出会いは偶然だった。


七年前の師走――。無念は浅草寺奥山の見世物を見た帰り、修験者に呼び止められた。

「お主――。両親を亡くしておろう？」

声をかけてきたのは、三人組の一人。総髪に兜巾《ときん》、きりりとした眉の下の目は鋭く、いかにも力のありそうな修験者である。ほかの二人は白い修験者装束であったが、その男は結袈裟《ゆいげさ》の下に紫色の肩衣をまとっていた。それが慈念坊英舜であった。

「それがどうしてぇ」

無念は面倒臭いとは思ったが、実の家族の死に負い目を感じていたから立ち止まった。

英舜は目を細めて無念の頭から足の先まで舐めるように眺めた。

「両親は苦しんでおるぞ」

「なんだって……」無念は青くなった。

「なぜ苦しんでいる？」

「餓鬼道へ堕ちておる」

その言葉に衝撃を受けた。

家族は餓死している。餓鬼道へ堕ちても不思議はない——。

「兄貴たちは？」

「同じ所におる」

慈念坊の言葉に無念は唸った。

「救うてやろう」

「本当か！」

無念はすがるような目で慈念坊を見た。

「命日はいつだ？」

「師走の十四日」

「あと三日か。よし、それでは十三日にまたここで会おう。それまでに祈祷の用意を整えておく」

師走十三日、以後七年、無念は浅草奥山で慈念坊と待ち合わせ、恐ろしい祈祷に臨むことになったのだった。

今年もまた慈念坊と二人の修験者と共に破寺《やれでら》を訪れた。

無念は十両の祈祷料を支払った後、水垢離《みずごり》をして白い修験者装束に身を包んだ。

本堂には護摩壇《ごまだん》が用意されていて、慈念坊が行をおこなった。

その後は、二晩のお籠もりである。

無念は本堂に籠もって外が暗くなるまで般若心経を唱え続けた。破寺から経が聞こえては近所の者が怪しむということで、大きな声は出さないようにと命じられていた。

修験者たちは、無念のお籠もりを邪魔されないように見張りをしている。

日が暮れた頃。慈念坊が現れて無念を縛り上げた。合掌できるように手は胸の位置で固定されている。

無念が恐怖に負けて逃げ出さないように――。縛る理由はそう説明されていた。

口には手拭いで猿轡《さるぐつわ》を噛ませられている。

無念が恐怖に負けて叫ばないように――。

最初のお籠もりからその格好をさせられている。その日、『なにを大袈裟な』と思いながら縄をかけられたが、夜が更けるとその意味を痛感したのであった。

先ほどまでぼんやりと見えていた本尊の姿が青みがかった闇に沈んだ。寒さを和らげるためにと肩に掻巻をかけられていたが、火の気のない本堂の空気は凍てつき、無念の体は細かく震えている。

「じゅうざぶろう……」

微かな声が右の天井近くから聞こえた。

無念はびくりとした。

始まった――。

何度繰り返しても慣れることのない恐怖の夜が、また始まるのだ。

「じゅうざぶろう……」

今度は左の天井近く。

「じゅうざぶろう……」

「じゅうざぶろう……」

三つ目、四つ目の声は背後の上方から聞こえた。

どんっ
どんっ

なにかが落ちる音が二つ、前方から聞こえた。

どんっ

どんっ

今度は後ろである。

ざわっ

何かが動く音がした。
掌で埃だらけの床板を擦るような音である。

ざわざわざわっ
ざわざわざわっ
ざわざわざわっ
ざわざわざわっ

無念の背後から二つ。
前方の須弥壇《しゅみだん》辺りから二つ。
這うような物音が無念に近づいて来る。
無念は猿轡の奥で般若心経を唱え続ける。

無念の目は前から迫ってくる音の方へ向いた。見えるのは恐ろしい。だが、目を閉じて、迫り来る音だけを聞いているのはもっと恐ろしい。

ぼんやりとした白いものが二つ見えた。闇に紛れた須弥壇の左右から現れたようである。

四つん這いになって、じわりじわりと近づいて来る。

二間（約三・六メートル）ほどの近さになった時、それが汚れた白装束を着た男女であることが分かった。

半白の髪の毛はぼさぼさに乱れ、破れた袖から伸びた腕は痩せこけている。

突然、背後から強烈なにおいが漂ってきた。

饐《す》えたような体臭。汚れた髪のにおい。

そして腐臭――。

「ひもじい……」

囁き声が右の耳元で聞こえた。

若い男の声である。

「ひもじい……」

今度は左。膿んだ傷から漂うようなにおいが、声とともに無念の顔の周りに漂う。

いつもと同じ出現のしかたであったが、その恐怖に慣れることはない。無念は目を見開いたまま耐えた。

囁いたのは、餓鬼道に堕ちた二人の兄。そして、前を言いずるのは両親――。慈念坊からはそう教えられていた。

「お前は飯を食うておるのか……」

掠れた声がして、右の二の腕を掴まれた。冷たい掌の感触が、強く強く腕を握る。

「羨ましいのう……」

「羨ましいのう……」

左からも声が聞こえ、二の腕を掴まれる。

「お前を食ろうてやろうか……」

「食ろうてやろうか……」

両肩に痛みが走る。背後の二人が噛みついたのである。無念は思わず目を強く閉じて痛みを堪える。

痛みがすっと引き、目蓋を開けた時、目の前にぼさぼさの髪の毛があった。

強烈なにおい。髪の先が無念の鼻や頬に触れる。

「ひもじい……」

「ひもじい……」

眼前の二人が囁く。腐臭が漂う。

冷たい掌が無念の体をまさぐる。

骨張った手が、合掌した無念の手を包み込む。

悪寒が全身を駆け巡り、無念は猿轡の奥で叫び声を上げた。

後ろの二人が無念の体を揺すった。

無念はごろりと横倒しになった。膝と臑《すね》を縛られているので、逃げることはできない。

四つの冷たく臭い体が、無念に覆い被さった。

無念は絶叫を繰り返した。

そして、意識は深い淵の底へ沈んでいった。

六

四ッ(午後一〇時頃)の鐘が鳴った。

金魚は寝返りを打つ。

頭の中に、聞き込んだ話や様々な推当が渦巻いて、目は冴えるばかりである。

金魚は神仏を信じていない。

もし神や仏がいるのならば、なぜ苦界《くがい》の女たちを助けない?

なにも悪いことをしていないのに妓楼《ぎろう》に売られ、大勢の男たちの慰み者になり、襤《ぼ》褸《ろ》屑《くず》のようになって死んでいく女郎たちを、金魚は何人も何人も見てきた。

神も仏もいない。

幽霊も信じない。

噂だけは聞くが、見たことがないからである。本当に幽霊がいるのなら、妓楼の中は苦汁を嘗めて死んでいった女郎たちの亡魂でいっぱいになるはずだ。

狐狸《こり》妖怪の類も信じない。

だから、神仏の力を借りて霊を成仏させたりとか、怨霊を調伏するとか、そういうことも信じない。

しかし、坊主や神主が仕掛者（詐欺師）だとは思わない。霊を信じる者たちに心の安寧や平安を売っているのだと思うからである。

だが、時に恐怖を使って金を脅し取る輩《やから》がいる。

無念はそういう奴に騙されているのではないか――？

今のところ分かっているのは、慈念坊英舜という修験者の導きで、浅草のどこかで家族の弔いを行っているということだけである。

ただそれだけのことなら、それで無念が満足しているのなら、放っておいてもいいだろう。

無念は慈念坊に、いくらの祈祷料を払っているのだろう――？

そう考えた時、金魚の頭の中でいくつかの出来事が組み合わされた。

無念の写本料ならば、家を借りることもできる。しかし無念は薬楽堂に居候している。

長右衛門は、『飲む、打つ、買うは男の甲斐性だ』と言って無念はそれに金を使っているのだと推当てた。

しかし、無念が飲みに行くのは伊勢町河岸の〈ひょっとこ屋〉で、女郎屋通いをしている様子もない。賭場に出入りしているなら、戯作者仲間からその話が聞こえてこないはずはない。

ならば、無念の収入はどこへ消えているのか?

毎年の祈祷料――。

慈念坊は無念を騙し、大枚を毟《むし》り取っているのではないか?

金魚は夜具をはね除けて、身支度を整える。そして夜の町に飛び出した。

橘町一丁目の貫兵衛《かんべえ》の家へ走る。

木戸の番人には、『父親が危篤だから親戚に知らせに行く』と嘘をついて通った。

生け垣の枝折り戸を通り、雨戸を叩く。

「貫兵衛。貫兵衛。起きておくれよ。無念が大変なんだよ!」

声をかけるとすぐに家の中で物音がして、雨戸が開いた。

「無念がどうしたって?」

掻巻を引っかけた貫兵衛は手燭で金魚を照らしながら訊く。

金魚は、無念が慈念坊英舜という修験者に騙されているかもしれないという推当を語った。

「なるほど——。無念の行方を探さなきゃならんな」貫兵衛は肯く。

「読売屋の仲間に、寺社や修験に詳しい奴がいる。まず、慈念坊とかいう修験者について訊いてこよう。お前はここで待っていろ」

と言って、貫兵衛は金魚を家の中に招き入れた。

火鉢に火を入れ、手燭の明かりを行灯に移した後、貫兵衛は着替えをして家を出た。

金魚は火鉢を抱えるようにして煙管をせわしなく吹かした。


丑之刻《うし》（午前二時頃）を回る頃、庭に足音が聞こえて障子ががらりと開いた。

貫兵衛を先頭に、長右衛門と短右衛門《たんえもん》、清之助《せいのすけ》、その父親で元番頭の六兵衛《ろくべえ》がぞろぞろと座敷に入って来た。いずれも襷《たすき》掛けに鉢巻き、手には木刀や心張り棒、擂《す》り粉木などを持っている。どうやら無念の救出に向かうつもりのようである。清之助は木刀を二本抱えている。

「そんな格好でよく木戸が通れたね」

金魚は呆れた顔で言う。

「すぐに出かけられるように、外で襷、鉢巻きをつけたんだよ」

長右衛門は火鉢の側に座る。

「竹吉《たけきち》と松吉は？」

「ぐっすり寝てたから置いてきたよ」

短右衛門が答えた。

薬楽堂の面々が座敷に入ったのに、最後の六兵衛は障子を閉めない。

不審に思って縁側に目をやると、人影が動いて、おずおずと入って来たのが織田野武長――。

「なんだい。あんたまで来たのかい」

金魚は言った。武長は苦笑を浮かべた。

「なんだかしらねぇが――」長右衛門は座敷の隅に座った武長を見る。「突然『戯作についてのお考えを聞きたい』とかぬかして訪ねて来やがってさ。まぁ、酒と肴を手土産に持って来たから、一緒に飲んでたのよ。そこに貫兵衛が飛び込んで来やがったんだ」

なるほど武長はあたしの気が変わるのを恐れて様子を見に行ったんだね――。

そう思いながら武長を見ると、すまなそうな顔をして小さく頭を下げた。

「慈念坊英舜って奴はとんだ食わせものだったぜ」貫兵衛が言った。

「あちこちで怨霊が憑いているだの、死んだ家族が餓鬼道に堕ちているだのと嘘をついて金を巻き上げているようだ。言うことを信用しねぇ奴には、手下二人を使って、怪異を起こして見せたり、軽く毒を盛って怨霊の障りだと騙したりと、あくどいことをやってる」

「今はどこにいるんだい？」

金魚が訊く。

「浅草寺の辺りで物乞いを集めていたのを見た奴がいる」

「物乞い？　なにをさせるつもりなんだろう？」

「さぁな。とびっきり汚くて痩せた奴を四人ばかり連れていったそうだ。爺婆と若い男を二人。毎年、今頃になると物乞いを連れて行くらしい。施しをしてやるんだと言ってな」

「あっ……」金魚は眉間に皺を寄せた。

「餓鬼道に堕ちた両親と兄貴二人を演じさせるんだよ」

おそらく無念は祈祷の間中、その餓鬼に化けた物乞いに怯えさせられ続けるのだ――。

それが毎年続いている――。

もしかすると無念の幽霊嫌いの原因はその辺りにあるのかもしれない。

「無念は慈念坊のせいで、心に深い傷をつけられたんだ――」

金魚は低く唸るような声で言った。

「どういう意味です？」

清之助が訊く。

金魚は推当を語った。

座敷の一同は、

「なんて奴だ」

「許せません な」

「ぼこぼこに叩きのめしてやる」

と憤る。

「無念がいる場所の目星はつくかい？」

金魚は貫兵衛に訊く。

「浅草で慈念坊たちが祈祷する場所っていえば、おそらく破寺だ。あの辺りに破寺は多くない。今、又蔵《またぞう》に探らせている。行く道で落ち合えるだろう」

「よし。それじゃあ、出かけようぜ」

長右衛門が勢いをつけて立ち上がる。

「その格好でかい？」金魚は眉をひそめる。

「木戸でなんて言うつもりだい」

「ああ……。そうか」

長右衛門は鉢巻きと襷を取った。そのほかの者たちもそれに倣う。

「清之助。どこかから荷車を調達しておいで」

金魚は立ち上がりながら言った。

七

闇夜の町を荷車を曳《ひ》いた一団が駆ける。

荷車の周りには人影が六人。荷車の上には掻巻をかけられて、誰かが横たわってい
る。

荷車の音に気づいたようで、町木戸の番屋の戸が開いて、六尺棒を持った中年の男が顔を出した。提灯を持った老人が後ろから外を覗く。

荷車は番屋の前で止まった。

頭に被った手拭いの端を口にくわえた女が小走りに番人の元に近づく。

提灯に照らされた顔は、金魚であった。

「さっきうちの爺さんが倒れまして」慌てた口調である。

「浅草田原町の山本早玄《やまもとそうげん》先生のところへ連れて行く途中でございます」

山本早玄は卒中の治療で有名な医者であった。

荷車の上に横たわっているのは長右衛門。口をぽっかりと開けて大鼾《いびき》をかいている。

大きな掻巻の下には木刀や擂り粉木などが隠されていた。

身なりのしっかりした侍も一人いるのですっかり信用してしまった中年の番人は、

「そうかい。そりゃあ大変《てぇへん》だ」

と六尺棒を放り投げて木戸を開けた。

「ありがとうございます」

荷車を曳く清之助は、番人に頭を下げて木戸を駆け抜ける。

金魚たち五人も、

「ありがとうございます」

「かたじけない」

と口々に言いながら木戸を抜けた。

汐見橋近くの橘町一丁目から浅草までは一里半（約六キロ）ほど。金魚たちは同じ嘘を繰り返して木戸をくぐった。疑われることは一度もなかった。

又蔵とは柳橋を渡った平右衛門町で行き会った。

「金龍寺門前町の裏手に、破寺がありやして――」

金龍寺門前町から西側は新堀まで二町（約二一八メートル）、北は門跡前の通り、南は森下の通りに挟まれた寺町であった。

「――無念さんは本堂でお籠もりをしておりやす」

「本堂に忍び込んでみたかい？」

「へい」又蔵はちょっと顔を歪めた。

「無念さんは縛り上げられ、猿轡をされて、本堂の真ん中に座っておりやした」

「縛られておるのか」

武長が眉間に皺を寄せた。

「逃げ出さないように、悲鳴をあげないように――」金魚は言った。

「もしかすると、いましめは無念が求めたのかもしれないね」

「それから亡者の格好をした奴らが四人。『ひもじい、ひもじい』って言いながら床を這いずっておりやす」

「やっぱりね。物乞いに餓鬼を演じさせてるんだ」

金魚は肯いた。

「でも――」と口を挟んだのは清之助である。

「餓鬼を供養するのは施餓鬼会《せがきえ》ですよね。施餓鬼会はお盆にやるもので、命日にするってのはおかしくないですか？」

「施餓鬼会ってのはもともと盂蘭盆だけにやるものじゃなかったんだよ」金魚が言う。

「お釈迦さんの弟子の一人、阿難尊者《あなんそんじゃ》が焔口《えんく》っていう餓鬼に『餓鬼道に堕ちた者たちを救わないと、お前は三日後に死に、餓鬼道に堕ちる』と脅された。阿難はお釈迦さんに相談すると、加持飲食陀羅尼《かじおんじきだらに》っていうお経を教えてくれた。阿難はそのお経を唱えて助かり、以後、施餓鬼会が行われるようになったのさ。盂蘭盆とは関係ない」

「じゃあ、なんでお盆に施餓鬼会をするようになったんです？」

「それが、無念がこの調儀《ちょうぎ》（詐欺）に引っ掛かった原因だろうね」

「といいますと？」

「お前ぇは盂蘭盆の始まりを知らねぇか」長右衛門が荷車の上に起きあがる。

「目連《もくれん》尊者とおっ母さんの話だよ」

「ああ――」

清之助はその話を思い出した。盂蘭盆の起源として広く知られている話である。亡母が餓鬼道に堕ちていると知った目連は、痩せ衰えた亡者となった母を哀れに思い、食べ物や水を与えようとした。しかし、母が口にしようとした瞬間、それは燃え上がり灰となった。

目連が釈迦に相談すると、七月十五日に供物を用意し読経して供養すれば母は救われると教えた。

目連はさっそく教えられた日に法要を行い、母は救われた。

「親が餓鬼になってしまったなんてことを言われれば、辛いですよね」

清之助は苦い顔をする。

「親兄弟が餓死したとなりゃあなおさらだろうよ」金魚が言って又蔵に顔を向ける。

「慈念坊の手下は何人だい？」

「二人。慈念坊と一緒に外で酒盛りをしておりやす」

又蔵は言った。

「なんでぇ。たった三人かい」

荷車の上に身を起こし、長右衛門が言った。

「修験者一人に二人がかり、三人がかりって考えりゃあ、〝たった〟なんて言ってられないだろ」

　金魚が言った。腕が立つのは貫兵衛と又蔵。町人よりはましであろうと思われるのは武長。そして、木刀を持てば狂犬のようになる清之助。長右衛門と短右衛門、六兵衛はあてにならないし、金魚自身はまったくものの役には立たない。一方、慈念坊ら三人の腕前は未知数なのである。敵は少ない方がいい。

　突発的な乱闘ならばともかく、今回は無念を助け出さなければならない。それに、金魚には〝ある目論見〟があった。

「しかし、手下が二人だけなんて、慈念坊はよっぽど人望がないんでございましょうね」

　清之助が言う。

「いやそれもあるだろうが」又蔵が言った。

「無念さんを騙して金を搾り取るったって、せいぜい五両、十両。ほかの獲物からもそのくらいの金を騙し取っているんだろう。大勢手下がいれば、それだけ分け前が少なくなる」

「手下の人数は少ないほど実入りはいいってことさ」金魚が言った。

「ところで又蔵。慈念坊の見分けはつくかい？」

「一人だけ紫の肩衣をつけておりやす。それが慈念坊でござんす」

又蔵が答えた。

「慈念坊だけは絶対に逃がしたくないから、貫兵衛と又蔵。それからあたしでやる。武長と大旦那は手下の一人をとっ捕まえる。旦那と清之助、六兵衛でもう一人」

金魚の言葉に一同は肯く。

「絶対に本堂の無念に気づかれないようにしなきゃならないよ」

金魚は男たちを見回す。

「なんでだ？」

長右衛門が片眉を上げる。

金魚がその理由を語ると、男たちは何度も小さく肯いた。

「なるほど、それが一番いい落着であろうな」

武長が言った。

「みんな納得したんなら、先を急ぐよ」

金魚が言うと長右衛門は掻巻を被り、清之助は荷車を曳いた。

鳥越橋を渡り、浅草御蔵前のいくつも続く木戸を通り、諏訪町、駒形町の木戸も抜けて、清水稲荷屋敷の角を曲がった。そのまま真っ直ぐ進み田原町と三島門前の間を駆け抜ける。道を挟んだ金龍寺門前町の横丁に荷車を停めた。

長右衛門は掻巻を跳ね上げて荷車を降りる。一同は鉢巻きと襷を身につけて、それぞれの得物を取った。

金魚は清之助が持ってきた木刀の一本を取り、ぶんっと一回振る。

「行くよ。野郎ども」

近所をはばかり、威勢はいいが小さな声で言うと、男たちも小声で「応っ」と返す。

八人は鼻息も荒く、大股で寺院が建ち並ぶ町に足を踏み入れた。

金龍寺の築地塀の脇を通り、裏手の路地に出る。常に日陰になる場所のようで、まだ雪が残っていてぼんやりと白く辺りを照らしている。道の左右には寺院が続いているがいずれも裏で、塀の上から冬枯れの木々や竹藪がのぞいていた。

少し進むと又蔵が前方左側を指差した。大きく崩れた築地塀が見えた。

又蔵は姿勢を低くして足早にそこに近づき、様子をうかがって中に飛び込んだ。

男たちは次々と壊れた築地塀を越える。金魚は貫兵衛と武長の手を借りて敷地に入った。

裏庭は藪と化していた。又蔵が音のしないように小枝を支え、一同を通しながら前へ進む。

本堂から呻き声のようなものが聞こえた。

無念の声だ――！

しかし金魚はすぐにでも助けに入りたいところをぐっと堪える。長右衛門たちも同様の思いであるらしく、ちらりと本堂に目を向けるが、小さく首を振って又蔵の導きで先に進む。

本堂の脇を出て、笹藪に身を潜める。

一同は葉叢《はむら》の隙間から前方を見た。

修験者装束の男三人が、戸板を三枚横にしてコの字に立て、その中に火鉢を置いて暖をとっている。戸板は風除けというよりも外から炭火の明かりが見えないようにということのようであった。

炭火の照り返しと雪の反射で、一人の男が紫の肩衣をつけているのが分かった。

あれが慈念坊か――。

金魚はぎりっと歯がみをして、木刀の柄を握りしめた。

飛び出して叩きのめしてやりたかったが、金魚は耐えた。

本堂からは呻き声が聞こえ続けている。

三人の修験者たちは楽しげに酒を酌み交わしている。

怒りが金魚の中で膨れあがる。

慈念坊が立ち上がる。

そして、戸板の囲いを出た。

又蔵が金魚の肩を摑んだ。

振り返ると又蔵が肯く。

金魚と又蔵、貫兵衛は藪を出て走り、本堂の裏手を回り込み、慈念坊の先回りをする。

金魚たち三人が本堂脇の藪の中に身を潜めていると、慈念坊が現れ、金魚たちの隠れている藪の前を通り過ぎ、裁付袴《たっつけばかま》の紐を解いて小便を始めた。

金魚は藪を飛び出した。

その音に慈念坊は振り返ったが、小便の最中なので急な動きができない。

金魚は渾身の力を込めて、慈念坊の頭に木刀を振り下ろす。

「わっ！」

慈念坊は小便を撒き散らしながらそれを避ける。

金魚の木刀は慈念坊の背中をしたたかに打った。

慈念坊はその場に頽《くずお》れた。

「お見事」

貫兵衛が言った。

「金魚さんが頭をかち割ってたら大変なことになっていやしたがね」

又蔵は気を失った慈念坊の下穿きと裁付袴を整えて縛り上げる。

「避けられることも計算のうちだよ」

金魚は荒い息をしながら言い訳をし、慈念坊の臑を蹴飛ばした。


金魚たちがその場を離れた後、残った者たちは匍匐《ほふく》前進をして戸板の囲みの裏側に移動した。武長と長右衛門が右側。短右衛門と清之助、六兵衛が左側。それぞれ修験者の後《あと》をとっていた。

慈念坊の「わっ!」という声が聞こえた。

二人の手下がさっと立ち上がった。

同時に戸板の裏の者たちも立ち上がる。長右衛門と短右衛門が、両端を持った手拭いを修験者の口に噛ませ、ぐいと引いた。

戸板を倒して修験者たちは後ろざまにひっくり返る。暴れて立ち上がろうとする二人を残りの者で取り押さえる。

清之助が目を血走らせて木刀を振り上げる。武長が素早く前に出て、その鳩尾《みぞおち》に当て身を食らわせた。

清之助は息を詰まらせて前のめりに倒れる。武長がそれを受けとめて地面に横たえた。

「本当に狂犬だな。連れて来ない方がよかったぞ」

武長は顔を少し強張らせて言った。

その間に、長右衛門と短右衛門が押さえつけている二人の修験者を六兵衛が縛り上げる。武長も急いで加勢した。口に噛ませた手拭いをそのまま猿轡にし、手足は細引きできつく縛った。

そこに、縛り上げた慈念坊の腕や襟首を摑んで引きずりながら、金魚と貫兵衛、又蔵が現れた。

又蔵は懐から小田原提灯を出して、蝋燭《ろうそく》に炭火を移し、一箇所に集められた修験者を照らした。

六兵衛がまだ気を失っている慈念坊の上体を起こし、支える。

金魚はその前にしゃがみ込み、思い切り慈念坊の頬を平手打ちした。

「うっ」

と呻いて慈念坊は目を開け、金魚を見た。

慈念坊の鼻腔からたらりと血が垂れた。六兵衛が後ろから離れる。

金魚は慈念坊の懐に手を突っ込み、銭袋を引っ張り出す。中身を掌にあけると、五両三分と銭が少し。

長右衛門と短右衛門が二人の手下の銭袋を改める。こちらも似たようなものであった。

「こら、慈念坊」金魚は慈念坊の襟を摑んでぐいっと引き寄せた。

「お前ぇが物乞いを雇って餓鬼の役をやらせて無念を脅かしてることは、もう分かってるんだ。無念の弱みにつけ込みやがってふてぇ野郎だ。お前ぇの誤算は、こういう怖～い姐さんが無念についていたってことだ」

「物騒な侍もおる」

武長がすらりと大刀を抜いて慈念坊の顔の前に突き出す。

　慈念坊も二人の手下も息を飲んで提灯の明かりを反射する刃を見つめる。

「さて、どう始末をつけてもらおうかね」金魚は残忍な笑みを浮かべる。

「一寸刻み五分試しで切り刻み、大川へ放り込もうか。そこに転がってる仲間を起こして、木刀でなぶり殺しにしてもらおうか」

　金魚は気を失っている清之助に目をやる。

「あいつは一番手に負えないいんだぜ。狂犬の清之助って二つ名があってね。木刀を握ったら見境なくなっちまう。お前ぇたち、骨がぐずぐずになるまで叩かれるよ」

　三人の修験者は震え上がった。

「許してください……。もう二度と、こんなことはいたしません……」

　慈念坊がか細い声で言った。

「謝ったくらいで許してもらえると思っているのかい。お前ぇたち本能寺無念の正体を知って騙したのかい？」

「正体？　戯作者さまじゃないので……？」

　慈念坊が言う。

「なにを隠そう、本能寺無念は公方さまの御落胤《ごらくいん》なのさ」

「ご冗談を……」

　慈念坊は唇を震わせて笑みを作る。

「冗談なんかじゃねぇよ。その証拠に、伊賀者の総領、服部貫兵衛さまが護衛についているんだ」

金魚が言うと貫兵衛がさっと右手を動かした。

慈念坊の股の間に棒手裏剣が突き立った。

少し前に女忍《おんなしのび》の薊《あざみ》が貫兵衛に放った手裏剣であった。貫兵衛はそれをいつも懐に入れていた。

「ひっ！」

慈念坊は尻で後ずさる。

貫兵衛はゆっくりと慈念坊に歩み寄り、しゃがみ込んで地面に突き立った手裏剣を抜くと、そのまま慈念坊を睨《ね》めつける。

「公方さまのご下知《げち》で御落胤を探し当てたと思ったらこの始末。この七年間、ずいぶん虐めてくれたようだな」

「知らなかったのでございます！」

慈念坊と二人の手下は縛られた格好のまま、額を地面に擦りつけた。

「お許しください！」

「お許しくださいませ！」

「しっ。声が大きいよ」金魚は鋭く言った。

「こっちは極秘でお守りする役目なんだ」

「命ばかりは……お助けください」

声をひそめて慈念坊が言う。

「助けて欲しいかい？」

「はい……。それはもう……」

「お前にしかできない仕事をするんなら、見逃してやらないでもないよ」

「どういう仕事でございましょう？」

光明が見えた慈念坊は顔を輝かせて金魚ににじり寄る。

「本堂にいる四人の物乞いは、無念の――、いやさ御落胤さまの育ての親と兄弟の役だね？」

「ご明察でございます」

「餓鬼道に堕ちた四人を救うために御落胤さまはお籠もりをしてるんだね？」

「それもご明察でございます」

「だったら、その四人が成仏すれば、御落胤さまはもうお籠もりをせずにすむってことだ」

「ああ……。そういうことでございますか。今度のお籠もりで四人が成仏したと、一芝居打つわけでございますね」

慈念坊は肯いた。

「お前ぇの仕掛けた薄汚ぇ嘘に、綺麗なおちをつけるんだよ。しくじるんじゃないよ」

金魚が言うと、貫兵衛が、

「おれが梁の上で見張ってるからな。下手な真似をしたらこいつでぶすりだ」

と棒手裏剣の切っ先で慈念坊の鼻先をつついた。

「御落胤さまの話は忘れろ」金魚が言う。

「ご本人もまだご存じないのだ。本堂の中の男は戯作者本能寺無念だ。いいね？」

「分かりました……」

慈念坊は震えながら答えた。

金魚は六兵衛に目配せした。

六兵衛は手際よく慈念坊の細引きだけを解く。

「お前ぇたちは、慈念坊が首尾よく仕事を終えるのを待つんだよ」

金魚が言った。二人の手下は肯いて、必死な形相で慈念坊を見る。

「すぐに戻る」

慈念坊はすまなそうな顔をして鼻血を拭うと、小走りに本堂へ向かった。

その後ろから貫兵衛と又蔵が走る。

廻廊の欄干を踏み台にして、二人は音もなく屋根に飛び乗り、瓦を剥がして屋根裏に忍び込んだ。

二人の技を目の当たりにしたのは初めてだったから、金魚たちは口をぽかんと開けてその姿を眺めていた。

「無念が出てきた時に、縛られたこやつらがここにいるのはまずかろう」

武長が言う。

「うん。こいつらを隠そう」

金魚たちは二人の手下を本堂の裏手に連れていき、戸板や火鉢を片づけた。

八

餓鬼たちは、本堂の中を這いずりながら、時々無念に近づき「ひもじい……。ひもじい……」と呟きながら体をまさぐる。

父が母が、兄たちが、なんの尊厳もなくただただ食い物を求めて彷徨《さまよ》っている。

無念は、いっそのこと食われてしまいたいと思った。

慈念坊は、必ず成仏させると約束した。だが、今年でもう七年経つ。家族らはいつまでも成仏できずに、このまま浅ましい姿をさらし続けるのではないか――。

ならばいっそのこと自分も餓鬼道に堕ちて、家族と共に餓《かつ》えの地獄を這いずる方が、どれだけ楽であろうか。

無念は啜り泣いた。

本堂の板戸が引き開けられた。

足音が近づいて来る。

慈念坊だ――。

無念は流れた涙を隠そうと、床に頬を擦りつけた。土埃が涙に溶けて泥となり、無念の頬を汚した。

「無念」無念の横に片膝をついて慈念坊が言った。

「七回のお籠もりで、餓鬼道と四人の魂の繋がりもずいぶん薄れた。今夜こそ、四人を成仏させる好機」

と無念の縛《いまし》めを解く。

無念は起き上がり、両手でごしごしと頬の泥汚れを擦り落とした。

「今夜で終わるのか？」

無念は全身から力が抜けていくのを感じた。

「終わる」

「そうか――。終わったら、両親と二人の兄は、極楽へ行けるのか？」

「そうだ」

「では、もう二度とこの世に現れることはないんだな？」

これで無惨な親兄弟の姿を見なくてもいいのだという安堵と共に、二度と会えないと考えると、寂寥《せきりょう》が無念の心を重くするのだった。

「ない」と答えた慈念坊は少し考えるような様子を見せて、つけ加えた。

「盂蘭盆には、浄化された精霊となって戻って来よう」

「そうか……」

無念の顔がくしゃくしゃっと歪んだ。

思わず両手で顔を覆ったので、慈念坊がなにやらすまなそうな表情を浮かべたのを無念は見ることはなかった。

「これから最後の法を行う。お前はここに座って般若心経を唱えておれ」

慈念坊は本尊の前に結跏趺坐《けっかふざ》した。

須弥壇の陰から餓鬼に扮した物乞いたちが当惑した顔を覗かせた。

慈念坊は小さく顔を振って、去るように指示した。

物乞いたちは顔を引っ込めた。

慈念坊は、両手の指を絡め、人差し指を伸ばしその尖端をくっつけて、不動根本印を組む。

「ナマク　サマンダ　バサラダン　センダンマカロシャ――」

不動明王の真言を唱える。本来ならば加持飲食陀羅尼を唱えるべきところだが、慈念坊はそれを知らない。真言も知り合いの修験者から一つ、二つ教えられただけである。この寺の本尊は阿弥陀如来であったが、仏像が如来か菩薩かの別も分からない。

慈念坊は本名を末八《すえはち》といった。八人目の子で、これを末っ子としようという思いでつけられた名であったが、末八の下には二人の弟がいた。

生まれは下総国《しもうさのくに》の百姓の家。土地の痩せた村で、ちょっとした天候の加減で不作の年が続いた。餓死はいつも隣にあった。人のいい、悪事などはたらいたこともない隣人たちが、あっけなく死んでいく村であった。

末八は神も仏も信じなくなった。

末八はひもじさに耐えかねて村を逃げ出し、江戸へ向かった。江戸には末八のように故郷を逃げ出した者たちが大勢いた。村よりはましであったが、ひもじさに耐える日々が続いた。

江戸に出て一年ほど経った頃、偽修験者と知り合った。

偽修験者は、坊主も神主も修験者も、仕掛者だと言った。ならば、自分が修験者に化けて出鱈目な法会を営み布施を騙し取ったとしても同じことである。

要は相手がその気になればいい。法会によって家族、祖先が成仏したとありがたい気分になり、こっちは銭がもらえる。双方が丸く収まるのだから、悪いことではない。

末八は偽修験者の弟子になって慈念坊英舜と名乗った。師匠の偽修験者が死に、慈念坊は独り立ちして十三年ほど経った。

少々、欲張り過ぎた――。

真言を唱えながら慈念坊は思う。

一回で五両、十両と儲けようとしてこの始末だ。

無念だけが大口の客ではない。ここ十年ほど、諸国を巡って金を持っていそうな商人、職人を相手に調儀（詐欺）を仕掛けてきた。

まぁ、十年も美味しい思いをしてきたのだ。この辺りが潮時だろう――。

「――ウン　タラタ　カン　マン！」

慈念坊は一度真言を唱えて、とっとと終わらせようと思った。しかし、梁の上には恐ろしい忍が見張っている。あまり簡単に終わらせてしまえば、腹を立てて手裏剣を飛ばしてくるかもしれない。

慈念坊はことさらに大きい声で二度目、三度目の真言を唱えた。

背後から聞こえる無念の般若心経の終わりに合わせて、二十数回目の真言を終わらせた。

慈念坊は大きく息を吐き、立ち上がって本堂の隅から風呂敷包みを持って来た。

「親兄弟は極楽への旅を始めた。さぁ、着替えて帰れ」

「ありがとうございました」

無念は平伏して、絞り出すような声で礼を言った。啜り泣きが漏れ、堪えることができなかった。

平伏した姿のままでひとしきり泣くと、無念はのろのろと立ち上がり、修験者装束を脱いで風呂敷包みから自分の着物を出し、着替えた。

早く帰ってくれ――。

慈念坊は焦《じ》れた。

早く帰ってもらわなければ、それだけ自分が解放されるのも遅れる。

無念は帯を締め、餓鬼の姿を探すかのように本堂を見回す。

なにをしている。早く出て行け――。

慈念坊はもっともらしい嘘を思いついた。

「お前がいつまでもここにいると、親兄弟は後ろ髪を引かれて戻って来るぞ」

「そうでござんすね」

無念は、口元に疲れ切ったような笑みを浮かべると、深々と頭を下げて本堂を出て行った。

開け放った扉の向こう、闇の中にぼんやりと見える山門の前で、無念の影はこちらを向いてもう一度頭を下げる。そして歩き出し暗闇に紛れた。

扉から金魚たちが本堂へ入って来た。

貫兵衛と又蔵が梁から飛び下り、音もなく床に立った。

「これでよろしゅうございましょうか？」

慈念坊が訊いた。

「上々だね」金魚が言った。

「こっそり本堂を出て来た物乞いには、御用の筋の者だと言って、たっぷり説教をして帰したよ。あいつらには、無念が縛られて怖がらせられるのが大の好みだって言ってやらせたんだって？」

金魚は笑う。

「はい……。物乞いたちは、無念さん――、御落胤さまが大層喜んでくださっているようだと嬉しそうにしていました」

「まさか、素性をあかしてはいまいね？」

「御落胤の話はさっき聞いたばかりでございますし、戯作者だという話もしておりません」

「よし、それじゃあ慈念坊。二度と悪さをするんじゃないよ。手下たちにもさせるんじゃない」

「はい。もう二度と御落胤さまには声をかけません」

慈念坊はひざまずき、頭を下げた。

金魚は慈念坊に歩み寄る。ほかの者たちも後に続いて慈念坊を囲んだ。

金魚は腕組みをして慈念坊を見下ろす。その姿を六兵衛の持つ提灯が照らした。

「違うよ」

「なにが違うので？」

慈念坊は怯えた顔で金魚を見上げる。

「悪さはするなと言ったんだよ。外で縛られている手下共々、仕掛者から足を洗いな」

「はい……。仰せのとおりに」

答えに一瞬の間があった。

「駄目だめ。この場を切り抜けられればいいって嘘をつくんじゃないよ」

「嘘ではございません。真人間になると約束します」

　慈念坊は真っ直ぐに金魚の目を見る。なんとしても嘘をつき通してこの場を逃れなければと必死なのであった。

「今まで人を騙して生きてきたんだ。真人間になるのは辛いよ」

「どんな辛いことも耐えてみせます」

「誓うかい？」

「天地神明にかけて」

「よし。よく言った」金魚は肯いた。

「うちの大旦那の知り合いに、羽黒修験の先達がいる。お前と二人の手下はこれから弟子入りしな」

「は……？」

　慈念坊は呆気にとられた表情をする。

「本物の修験者になるんだよ。お前は天地神明にかけてどんな辛いことも耐えると誓った。ならば修験道の修行も耐えられるはずだよね」

「はい……」

　慈念坊は青ざめた顔で肯く。

「先達には――」長右衛門が言う。

「お前たちが逃げ出さないようにとよく頼んでおくからよぉ」

と、くすくすと笑った。

「分かりました……」

慈念坊は肩を落とした。

「それじゃあ大旦那」又蔵が言う。

「無念さんが薬楽堂に帰り着く前に戻っておかねぇと、厄介ですぜ」

「おお、そうだな」

長右衛門は、短右衛門、清之助と肯き合って本堂を駆け出す。

「卒中で倒れた爺さまが、行く時ゃあ荷車に乗ってたのに、帰りは走ってるって、山本早玄先生の評判が高くなりやすね」

又蔵が笑った。

「少しもらわないといけないねぇ」

金魚は人差し指と親指で丸を作る。

「お手伝いいたしましょうか……？」

と慈念坊が愛想笑いをする。

「ばか。お前たちは今からすぐに羽黒修験の道場へ行くんだよ。ここからすぐだが、しっかりと忍二人がお供するからね」

「面白そうだからそれがしもお供しよう」

武長が言った。

「それでしたら、お手数ですが、裏に置いた配下二人を連れて来てくださいやし」

又蔵が言う。

「分かった」

武長は本堂を出て裏手に走った。

「手練れが三人。逃げようったって逃げられないね」

金魚は慈念坊に言う。

慈念坊は魂が抜けたような顔でか細く「はい」と答えた。

「さぁ、行くぜ」

又蔵は慈念坊を立たせ、背中を押しながら本堂を出た。貫兵衛が後に続く。

「金魚さん」六兵衛が言った。

「長屋までお送りしやしょう」

「いや。気持ちが高ぶって寝られそうにないや。六兵衛、まだやってる屋台をめっけて、一杯つき合わないかい？」

金魚は盃を傾ける仕草をした。

「屋台が見つかりましょうか」

六兵衛は首を傾げる。

「めっからなけりゃ〈ひょっとこ屋〉を叩き起こすさ」金魚は弾むような足取りで本

堂の板戸をくぐった。

「祝杯は、早めに挙げなきゃね」

金魚は六兵衛に背中を向けていたから、無念が無事だった安堵に、思わず涙腺が緩みそうになった表情を見られることはなかった。

九

翌日、金魚は素知らぬ顔で薬楽堂を訪れた。

無念は少し窶《やつ》れたように見えたが、いつもと変わらぬ様子で長右衛門の離れで朱入れの手伝いをしていた。

「試合は進んでるかい？」

金魚は縁側に座って座敷を覗く。

「暇ならお前ぇも手伝えよ」

無念が顔を上げた。

去年はお籠もりから帰ってからしばらくは塞いだような表情を見せていたが、今日は晴れやかな顔である。

「嫌《や》なこった」

金魚は鼻に皺を寄せて舌を出す。

「今、舟野親玉って奴の草稿を読んでるんだが、こいつが滅法面白ぇぜ。怪談噺だ」

「鮒の親玉？　なんだい。あたしに挑もうって奴が草稿を持って来たかい」

筆名に込められた意味をすぐに見抜いた金魚は柳眉《りゅうび》を逆立てる。

「舟野の字は舟に野っ原の野だがな」長右衛門が言う。

「どんな奴か楽しみだぜ」

「本人には会わなかったのかい？」

「使いの者だっていう爺ぃが持って来た。言葉遣いがしっかりしていて、なんだか武家の下働きみてぇな感じだったな」

「ふーん。どれ」

金魚は膝で座敷に入り、無念の文机の草稿を見る。

丁寧な男文字で書かれた草稿であった。無念と長右衛門の汚い朱字が所々入っているが、誤字程度である。それも、あまりに草稿が完璧なのでなんとか朱字を入れなければと焦ったのか、二人の朱字の方が間違っている箇所もあった。

「お武家か。字に勢いがあるから若い男だね。日頃文字を書き慣れている奴だ。どこかの御家中の祐筆《ゆうひつ》かもしれないね。若いお武家で文才もあり、字も上手い——」

金魚は四つん這いになったまま、無念の顔を見上げ、にっこりと笑う。

「あたしが読んであげようか」

無念は怒ったような顔をして、さっと机の上から草稿を引っさらって立ち上がった。

「嫌なこったって言った舌の根も乾かねぇうちに、なんだよぉ。字を見て色気を出しやがって。そんな奴に読ませるもんか」

「いいじゃないか。ねぇ、無念〜。無念さん」

金魚は猫のような格好で手招きをする。

「嫌だねっ！」

無念は言い放つと金魚の手を避けて回り込み、縁側に出ると自分の部屋へ走った。

金魚はけらけらと笑って座敷にひっくり返った。

いつもの無念だ——。

見上げた天井がゆらりと歪む。涙が一筋こめかみに流れた。

「よかったな」

草稿に朱を入れながら、顔も上げずに長右衛門が言った。いつになく優しい口調だった。

「うん。よかった」

金魚は両手の甲で目を擦ると、跳び上がるように起きて、庭に下りた。

「なんでぇ。手伝ってくれるんじゃねぇのか？」

長右衛門が顔を上げた。

「舟野親玉なんて好敵手が現れたんだ。あたしもうかうかしてられないよ。そいつの向こうを張って、怪談噺を書いてみるよ」

金魚は言うと、楽しげな足取りで通り土間に消えた。

慈念坊英舜に金を搾り取られることもなくなった無念は、居候生活に終止符をうつであろうと、薬楽堂の面々は思っていた。

しかし——。無念には薬楽堂を出て行く気配がない。

独り暮らしとなれば、飯の用意から部屋の掃除まで全て自分でやらなければならない。なんのことはない、それが面倒だったのである。

無念の居候はまだまだ続きそうであった。

聞き書き薬楽堂《やくらくどう》波奈志《ばなし》

生姜酒

長火鉢の鉄瓶がしゅんしゅんと湯気を上げている。障子からはほの明るい外の光が滲んでいるが十分な光量はなく、薄暗い座敷には行灯《あんどん》が灯っていた。上等な菜種油のにおいがした。最近畳替えをしたようで、表は青々として、芳《かぐわ》しい藺草《いぐさ》の香りも混じっている。

日本橋本石町二丁目の書肆《しょし》、天明堂山野屋《てんめいどうやまのや》の座敷。主人、源兵衛《げんべえ》の書斎である。部屋の奥に置かれた渡来物の紫檀の棚には、巻子本《かんすぼん》、折本《おりほん》、艶やかな塗りの文箱などが並んでいた。脇の文机もまた紫檀。青磁の水滴や、鼠鬚筆《そしゅひつ》やら羽毛筆、竹筆などをぶら下げた筆掛《ふでかけ》が置かれている。縮緬《ちりめん》の風呂敷包みも載っていた。

座敷には草紙屋薬楽堂《そうしややくらくどう》の隠居、長右衛門《ちょうえもん》が一人。

長火鉢の前に正座した長右衛門は居心地悪げに身じろぎした。

茶托に載せられた白磁の茶碗を取り、一口啜る。甘みのある煎茶も、薄く口当たりのいい茶碗も高級品である。

「うちの茶とは大違いだぜ」

長右衛門はぼやいた。

山野屋は漢籍や古典の本を扱う書物屋——物之本屋で、顧客には大名も多い。地本屋の薬楽堂とは格が違った。

　廊下に足音が聞こえ、山水が描かれた襖がすっと開いた。

「お待たせいたしましたな」

　渋い海松色《みるいろ》の、上等な着物を着た五十絡みの男が入って来た。綺麗に梳《くしけず》られた髪は白の中にわずかに茶色がかった毛が交じっている。眉は黒々として太い。

　山野屋源兵衛である。

　長右衛門は半刻（約一時間）も待たされていたが、源兵衛は待たせた言い訳も口にせず長火鉢の向こう側に座った。

「お預かりしておりました草稿、拝読いたしました」

「で、どうだった？」

「薬楽堂さんはお読みになられましたか？」

「もちろんだ。読まずにあんたに預けるはずはあるめぇ」

「どうお考えで？」

「細かく感想を言ってりゃあ日が暮れる。全体によく書けていると思った」

「左様でございますか」

　源兵衛の表情は変わらず、そこから答えをうかがうことはできなかった。

「おれの感想は言ったぜ。あんたの考えを聞かせてもらおう」

「いけませんな」

源兵衛は素っ気なく言った。

「まず、著者の言い分がぶれております。昔ながらの女の教えに従わず、世の流行に敏感であれと言っているそばから、女は慎み深くなければならないと書く」

「山野屋さん。ちゃんと読んだかい？　読んだんなら、そりゃあ読み違ぇだぜ。流行を追ってもいいのは娘だけで、妻は家のことに心を配り、母は子育てをしっかりやれって書いてある」

「しかし、一般論として、女に『流し目はするな。立ち聞きはするな。人の文は盗み見るな。器物は中に物が入っていなくとも、一杯に満たされているつもりで扱え。人がいない所でも慎みを忘れずに人がいる時と同じように振る舞え』と訴えております。また、女の才知は男に勝るとも劣らないので分け隔てするのは間違いであると主張しているのにもかかわらず、町女は君子を仇敵のごとく思っていると、その愚かさを書き立てております。町女にも才知に優れた者はおりましょう」

「うむ……」

実のところ、長右衛門もそこには引っ掛かっていた。

「さすが、行司さんだな」

長右衛門は言ったが、源兵衛はそのお世辞ににこりともせずに続ける。

源兵衛は書物問屋の仲間行司の一人であった。

「次に、思想的に危ういところがございます」

「ああ……。『ヲロシア国の定めには、羨ましくぞ思わるる』の条《くだり》かい」

長右衛門は渋い顔をした。

「ヲロシア国の国王は一向宗の祖のようである――。一向宗はかつて一揆を起こし、諸国を騒がせました。そのような王の治める国を羨ましいと書くのはいただけませんな」

「うむ……」

長右衛門はそこにも引っ掛かっていたのであった。

「そして、貨幣について。この作者は町人を守銭奴のように書いております。また、お大名に関してもその守銭奴から金を借りなければ国が成り立たないと言っておりますな」

源兵衛は静かに立って文机から風呂敷包みを取り、長右衛門の前に置くと、再び長火鉢の向こう側へ戻った。

「薬楽堂さん。あなたはその【独考《ひとりかんがえ》】の作者とどのようなご関係で？」

「うむ……」

長右衛門は返答に窮する。

【独考】は、仙台に住む女思想家にして随筆家、只野真葛《ただのまくず》が書いた思想書であった。

真葛は昨年、江戸に出て来て、幼なじみの長右衛門に【独考】を預けた。先に草稿を預けていた曲亭馬琴《きょくていばきん》から痛烈な批判を受け、その方面からの出版の道が閉ざされたからであった。

内容は経済から政治、女性に関する問題など多岐に渡り、儒教的な考え方や政への批判が論の中心になっていた。

内容が内容だけに、そして薬楽堂は草紙屋——地本屋であることから、真葛が本気で出版してもらおうと自分に預けたのかどうか、長右衛門には分からなかった。

【独考】を出しても商売にならないのは明らかであった。薬楽堂の主な客筋である町人を痛烈にこき下ろしている部分があるからである。真葛は長右衛門の初恋の人であったが、商売抜きで本を出してやるほど、薬楽堂は繁盛していなかった。また、地本屋である薬楽堂が物之本に属する【独考】を出すわけにはいかない。私家版を作ろうにも、真葛の懐具合が許さなかった。

真葛が仙台に帰った後、長右衛門は考えに考え、山野屋に頭を下げたのであった。

長右衛門は真葛の【独考】を持ち込み、『もし物之本の吟味にかければどうなるだろう？』と、かなり遠回りな相談をもちかけたのであった。今年の秋のことである。

本当は、『山野屋で出すことはできないか』、『もし無理ならば別の物之本屋を紹介してくれないか』と言いたいところだったが、足元を見られてはかなわないという思いと、ものになるなら向こうから本を出させてくれと言い出すはずだという打算があった。

ところがなかなか返事が来ない。

なんとしても今年中に返事をもらいたいと業を煮やした長右衛門は、師走も押し迫ったこの日に山野屋に足を運んだのであった。

長右衛門自身は戯作者から預かった草稿を二月《ふたつき》三月《みつき》、酷い時には一年以上もほったらかしにする。しかし、そんなことは棚に上げていた。

強引に迫ってなんとか出版の約束を取りつけようと思っていたのだが、長右衛門も弱点だと思っているところを突かれ、さらに真葛との関係もずばりと訊かれた。

嘘をついても根ほり葉ほり訊かれればぼろが出るに決まっている。長右衛門は正直に答えた。

「昔からの知り合いだ」

「いけませんな。本は情にほだされて出すものではないことは、薬楽堂さんも百も承知でございましょう」

「情にほだされたわけじゃあねぇよ。あんたが引っ掛かったところは、たしかにおれも引っ掛かった。だが、そういうところを直せば、いいことを書いていると思うんだが、どうだい？」

「戯作ならば直せましょうが、【独考】は、只野真葛さまの思想を書き連ねたもの。直せと言うのは、考えの根幹を正せと言っているのと同じことでございます」

「うむ……」

「漏れ聞くところによれば、【独考】は馬琴先生が痛烈に批判なさったとのこと」

「なんでぇ。馬琴先生からも話を聞いたかい」

長右衛門のその問いには答えず、源兵衛は続けた。

「自ら考え得たりと思うは幼し——。まったくそのとおりで、世間というものを武家の女の目からしか見ておらぬ、拙い論でございます」

「だがよぉ……」

「世の中は上手く回っております。ならばわざわざ波風をたてることもございますまい。まぁ、この本如きでは、波風が立つことはないと存じますが——。たとえ本を出したとしても、誰が読みましょう？　たとえ読んだとしても町人は腹を立て、武家の男もけしからぬ書だと怒り、武家の女は空論だと笑いましょう。つまりは世の中は変化を望んではおらぬのです。常世だと信じたいのでございますよ。政《まつりごと》に文句を言いつつも、食っていけるならばそれでよし。民百姓から大名、公家、公方さまや帝《みかど》まで、持つ者持たぬ者の別はあれど、みなそのように考えておりますよ。ならば、【独考】を世に出す意味はなんでございましょう？」

「みなが当たり前だと思っていることに風穴を空け——」

「風穴は、波風をたてるよりも強い力がなければ空けられませぬ」

「ならば……、【独考】を物之本屋仲間の吟味にかければ——」

「吟味にかかることはありませんな。草稿を拝読し終えたところでお返しいたします。私家版であっても出版はお断りいたします。どの物之本屋も同じでございましょう」

「なにも立派な本にして欲しいわけじゃない。紙も漉返《すきかえ》しでいいんだ」

漉返しとは、草紙などに使われる粗末な再生紙のことである。

「わたしどもが作るのは、一冊の利益が少なくとも長く売れる本でございます。粗雑なものを作るわけにはいきません。物之本屋の沽券《こけん》に関わります。それに、費用の問題ではないのですよ、薬楽堂さん。【独考】はその題名どおり、独りの考えに納めておいた方がようございます」

「そうかい――」

長右衛門は顔を背けて長い溜息をつくと、右手でぱんと太股を叩いた。

「分かったよ、山野屋さん。おれの話は忘れてくんな」

「分かっていただけてほっといたしました」山野屋は微笑を見せた。

「助言といってはなんでございますが、拝読している間に一つ方法を思いついたのでございます。申し上げても？」

「ああ。聞かせてもらおうか」

【独考】を出してもらえないなら長居をしても無駄と思ったが、方法とやらを大人しく聞いてやりゃあ、少しはいい印象を残して引き上げられよう。そうしておけば、何かの機会に真葛のほかの草稿を読んでもらうこともできる。

「戯作でございますよ」

「戯作がどうしてぇ？」

「【独考】は棘が多過ぎて、そのまま本にするとあちこちで問題が起きましょう。しかし、【独考】の論考を主役の考えとして、物語を作るのでございますよ。たとえば、周りの年寄女たちに目くじらを立てられながらも、流行を追い、艶やかな暮らしをする娘の話などは、江戸の若い娘に受け入れられましょう。商人に金を借りずに貧しい国を立て直そうとする勘定方の役人の話は、江戸詰のお侍たちに受けそうです。戯作は風刺が利いている方が受けがようございましょう？　ならば【独考】は格好の材料」

「――なるほど。それは面白ぇかもしれねぇな」

長右衛門は目から鱗が落ちた思いであった。

【独考】を戯作にするという策を、物之本屋に教えられるとはな――。

長右衛門は心の中で苦笑した。本当ならば、草紙屋の自分が気がつかなければならなかったことだ。

よし。家に帰ってすぐに仙台に文を出そう――。

「邪魔をしたな」

長右衛門は【独考】の風呂敷包みを持って立ち上がる。

「お役に立てたようでございますな」

源兵衛は長右衛門を見上げて言った。

「作者に話してみる。ありがとうよ」

「戯作が出来上がったあかつきには、わたしも一冊求めることにいたしましょう」

「なに。知恵を授けてくれた礼に進呈するぜ」

長右衛門は小さく頭を下げて座敷を出た。


外は雪が降りしきっていた。

灰色の空から舞う雪は、天頂近くでは黒く、目の前から足元にかけては白く、静かに積もっていく。まだ未之下刻《ひつじのげこく》（午後三時頃）だというのに、辺りは薄暗かった。

長右衛門は手拭いを襟巻きにして傘を開いた。

軒先を一歩出たところで気がついた。

通りを急ぎ足で行き交う人々の中に、ぽつんと佇む人影があった。

雪景色に艶やかに映える真《ま》っ紅《か》な傘を差し、藍鼠《あいねず》の着物を着てこちらを見つめている小柄な老女――。

形のいい鼻梁に、バネで留める鼈甲《べっこう》の眼鏡をかけて、同じ鼈甲の簪《かんざし》と櫛を差している。

只野真葛であった。

つい今し方まで【独考】の話をしていて、仙台にいるはずの真葛が目の前に現れたものだから、長右衛門は幻を見ているのかと思った。次に、真葛は今、仙台で息を引き取り、自分に暇乞いをしに来たのだという考えが浮かんだ。

「脚はあるよ」

長右衛門の心を読んだように、真葛はにっと笑った。

「いつ江戸へ？」

長右衛門はやっとの思いで声を出した。

「仙台の紅葉が散ってから。また築地南飯田町の知り合いの家に厄介になってる」

「そうかい……」長右衛門は真葛に歩み寄った。

「なぜ江戸へ？」

「仙台の冬は厳しいからね。そう思って江戸で正月を過ごそうかと思ったら、この有り様だよ」

真葛は傘の外に手を差し出して雪を受けた。

「なぜおれがここにいるのが分かった？」

少しずつ落ち着きを取り戻して来た長右衛門は眉をひそめながら訊く。

「江戸に来てしばらく旅の疲れを癒やして、さて挨拶にと薬楽堂を訪ねたらお前は留守。短右衛門《たんえもん》が山野屋へ行ったって教えてくれたんだよ」

「そうかい……」

「それは【独考】だろ？」

真葛は長右衛門が抱える風呂敷包みを見た。

「違うよ」

長右衛門はとっさに嘘をついた。

「顔に嘘だって書いてるよ」

「……」

「ありがとうよ。気を遣ってくれて。でも、駄目だったんだろう。それも顔に書いてある」

真葛の顔に一瞬、寂しげな表情が浮かんで消えた。

「だが、いい策があるんだよ」長右衛門は慌てて言った。

「うちに来て生姜酒《しょうがざけ》でも啜りながら話をしないか？」

「ありがたいお誘いだ。乗らせてもらうよ」

真葛と長右衛門は歩き出した。

鮮やかな紅い傘と、破れかけた茶色の傘が、くっついては離れ、くっついては離れしながら、雪の町を進んで行った。

■参考文献

和本入門　千年生きる書物の世界　　橋口侯之介　平凡社ライブラリー
江戸の本屋と本づくり【続】和本入門　　橋口侯之介　平凡社ライブラリー
和本への招待　日本人と書物の歴史　　橋口侯之介　角川選書
江戸の本屋さん　近世文化史の側面　　今田洋三　平凡社ライブラリー
和本のすすめ　江戸を読み解くために　　中野三敏　岩波新書
書誌学談義　江戸の板本　　中野三敏　岩波現代文庫
絵草紙屋　江戸の浮世絵ショップ　　鈴木俊幸　平凡社選書
只野真葛　　関民子　吉川弘文館人物叢書新装版

また、執筆にあたり、神田神保町 誠心堂書店店主・橋口侯之介氏には、今回も大変有益な助言をいただきました。御礼申し上げます。

なお、フィクションという性質上、参考資料やご助言をあえて拡大解釈し、アレンジしている部分があります。

本作品は、だいわ文庫のための書き下ろしです。

平谷美樹（ひらや・よしき）

一九六〇年、岩手県生まれ。大阪芸術大学卒。中学校の美術教師を務める傍ら創作活動に入る。

二〇〇〇年『エンデュミオンエンデュミオン』で作家としてデビュー。同年『エリ・エリ』で小松左京賞を受賞。二〇一四年、歴史作家クラブ賞・シリーズ賞を受賞。他の著書に「風の王国」「ゴミソの鐵次　調伏覚書」「修法師百夜まじない帖」「貸し物屋お庸」「江戸城　御掃除之者！」シリーズ、『でんでら国』『鉄の王　流星の小柄』『雀と五位鷺推当帖』等、多数がある。

だいわ文庫

草紙屋薬楽堂《そうしややくらくどう》ふしぎ始末《しまつ》 唐紅《からくれない》色の約束《やくそく》

著者　平谷《ひらや》美樹《よしき》

二〇一七年一二月一五日第一刷発行

発行者　佐藤　靖

発行所　大和《だいわ》書房

東京都文京区関口一−三三−四　〒一一二−〇〇一四

電話　〇三−三二〇三−四五一一

フォーマットデザイン　鈴木成一デザイン室

本文デザイン　松　昭教(bookwall)

本文イラスト　丹地陽子

本文DTP　朝日メディアインターナショナル

本文印刷　シナノ　カバー印刷　山一印刷

製本　小泉製本

ISBN978-4-479-30684-9

乱丁本・落丁本はお取り替えいたします。

http://www.daiwashobo.co.jp

だいわ文庫の好評既刊

＊佐藤青南
君を一人にしないための歌
女子高生の七海は年齢・性別・経験不問でギターを募集中！でも集まるのは問題児ばかりで…！新時代の音楽×青春×ミステリー爆誕！
680円 356-1 I

＊白石まみ
編集女子クライシス！

特殊と噂の男性誌「ANDO」編集部に配属された文香。AV女優の取材に謎のメール、おまけに先輩の嫌がらせ⁉一気読みお仕事小説。

680円 358-1 I

＊竹内正彦
2時間でおさらいできる源氏物語
初めての面白さとわかりやすさで「源氏」をイッキ読み！　桐壷から夢浮橋まで54帖のあらすじと読みどころが一冊で味わえる！
680円 350-1 E

阿川佐和子
グダグダの種
しみじみダラダラ過ごす休日の愉しさは「おひとりさま」の特権です！　ゆるくてスローで少々シアワセな日常を味わう本音エッセイ！
600円 174-1 D

阿川佐和子
福岡伸一
センス・オブ・ワンダーを探して
生命のささやきに耳を澄ます
動的平衡の福岡ハカセと対談の名手アガワが、子供時代のかけがえのない出会いと命と世界の不思議を語る。発見に満ちた極上の対話！
700円 174-2 C

＊加藤文
青い剣
あのテレビドラマ『隠密剣士』の血を引く、秘蔵っ子が、新たな『隠密剣士』に挑戦！父の死の真相のために隠密に生きる。
680円 337-1 I

＊印は書き下ろし

表示価格はすべて本体価格（税別）です。本体価格は変更することがあります。